LES MOUCHES
ET L'ÂNE

DANIEL BOULANGER

de l'Académie Goncourt

LES MOUCHES ET L'ÂNE

roman

BERNARD GRASSET

PARIS

IL A ÉTÉ TIRÉ DE CET OUVRAGE
DIX EXEMPLAIRES
SUR VÉLIN PUR CHIFFON DES PAPETERIES MALMENAYDE
DONT CINQ EXEMPLAIRES DE VENTE
NUMÉROTÉS DE 1 À 5
ET CINQ HORS COMMERCE
NUMÉROTÉS H.C. I À H.C. V,
CONSTITUANT L'ÉDITION ORIGINALE.

© *Éditions Grasset & Fasquelle, 2000*

Ici l'auteur plaçait une liste de
dédicataires. Nous n'avons pas
cédé à ce caprice qui avait la particularité de doubler la longueur
de l'œuvre.

Mon très cher,

Qu'allez-vous penser de ce manuscrit dont j'ai confessé l'auteur, autrefois? Il ne m'avouait que des candeurs et des bontés, à me faire honte, à me pousser vers la repentance qui est devenue si à la mode, bref à m'impatienter. Il ne m'était pas possible de l'absoudre du moindre mal jusqu'au jour où il m'injuria, mais en termes choisis, me demandant d'aller me faire voir. Nous ne fîmes plus que nous croiser au hasard des rues, échangeant toutefois des mots aimables quand le temps était beau, mais il m'envoyait toujours ses travaux d'écrivain. Loin de moi de comparer l'homme et l'œuvre. Les plus purs poèmes de notre langue furent écrits par des gens peu fréquentables. Je songe aux horreurs, à

9

vomir, que me content certaines paroissiennes à l'apparence des plus strictes et j'en sais quelques-unes qui en tirent de quoi séduire des éditeurs. C'est sans doute la distraction de Dieu de nous damner. Mais je reviens à notre homme dont je déplore l'égal amour du vrai et du faux. J'espère que vous ne serez pas déçu, pas tout à fait, puisque j'apprends aux nouvelles qu'il se serait donné la mort d'une singulière façon, en avalant un lot de plumes de fer. Elles n'ont plus de fervents, mais il en usait toujours. Toutefois méfions-nous des rumeurs dont l'ombre même de cet extravagant semble friande. Je vous envoie son récit par la poste en espérant qu'il vous parviendra. Il paraît que l'on aime de moins en moins les livres, mais on les vole avec constance. A bientôt, mon cher Chevalier. Il est bon de savoir que vous existez.

P.-S. : Je joins la note qui accompagnait la liasse de ce nocturne.

« J'ai toujours pris mes rêves pour des romans écrits dans mon dos. Chasses dont je n'aurais pas voulu garder le souvenir ? Erreur ! En vieillissant, j'ai trouvé plus de temps pour traquer mes nuits

et ces dernières semaines la même harde s'est pré-
sentée, en couleurs et par rafales. La voici, serrée
au plus près. »

Dom Pistor. Chevalier d'Aiguisy,
Correspondance.

On donne ce soir au Théâtre de l'Observatoire *Polyphile*, drame en trois actes, première œuvre d'un sexagénaire en fleur, Lucas Senois. C'est la générale. Une notice dans le programme apprend l'émotion qu'a ressentie le directeur en rencontrant pour la première fois le dramaturge.

« Il frappa et j'ouvris ma porte. Je me trouvai face à face avec un homme pétri d'humanités. Je le fis asseoir. Il tint à me lire sa liasse de feuilles couvertes d'une écriture passionnée qu'il n'avait pas eu le temps de mettre au propre et qu'il tournait en se mouillant le pouce et l'index, les laissant une à une tomber à ses pieds comme un arbre se dépouille. A la fin, il se leva et marcha sur son œuvre, avec le ravissement que l'on éprouve en automne sur une pelouse de feuilles mortes. Il me communiqua son bonheur. »

Refermant leur programme les spectateurs levèrent le nez sur la toile grise qui fermait la scène. Au troisième coup du brigadier, un âne sortit des coulisses, côté cour. Il tirait un char des temps anciens où se tenait un homme en blanche tunique courte à ceinture rouge qui bomba le torse.

— Ho, dit-il en tirant les rênes et l'âne s'arrêta.

Aussitôt la bête se dépouille en deux ruades. Paraissent la femme qui tient la tête de l'animal et l'homme la queue. C'est Elle et Lui. Ils sont jeunes et s'adressent au maître sur son char.

ELLE

Quoi cloche, Monseigneur?

(Il répond d'une voix lasse.)

POLYPHILE

Moi-même. Appelez-moi Polyphile, mes amis.
Serrez-moi la main. J'ai tellement besoin de
vous pour exister.

LUI

On fait ce qu'on peut, Monseigneur.

POLYPHILE

Si vous saviez comme il est difficile de
conduire le char de l'Etat, même un petit char,
même un Etat de quatrième zone, même son
tout petit personnel état, à soi.

ELLE

Tu te sens donc seul, mon petit vieux?

POLYPHILE

Oui, soyez familiers. Que je me sente en
compagnie. Vous ne connaissez pas votre bonheur. Comment faites-vous?

ELLE ET LUI

Nous nous aimons, nous ne faisons qu'un, tu
l'as vu, nous mangeons la même paille.

15

POLYPHILE

La paille qui sent si bon! L'amour décidément n'est qu'une question d'odeur. Je n'ai pas encore respiré celle qui m'embaumera.

ELLE

Cherche encore.

POLYPHILE

Nous avons déjà traversé tant d'endroits où tout est à l'envers.

LUI

Mais tu trouveras, le monde est si petit quand on y pense!

POLYPHILE

Que des chardons à perte de vue!

ELLE

Patiente et fais comme nous. Il faut t'en contenter.

Allez, en route! Ne dis pas que nous t'avons mis en retard. *(Ils enfilent leur costume et redeviennent un âne.)*

POLYPHILE

De petite taille, je fais de l'ombre à tout le monde. N'est-ce pas étonnant? *(Il secoue la tête négativement, puis positivement, et reprend les rênes.)* Hue, mon très doux. *(L'attelage disparaît côté jardin.)*

Le rideau quelconque se lève alors sur une cité grecque un instant vide. Le soleil tyrannique épuise les cigales. Au premier plan, deux colonnes sur trois marches encadrent une porte de bronze. Sur les dalles de la chaussée le tracé d'une marelle laissé par les enfants. Entre ses murs à portes basses une rue s'enfonce avec, à l'étage, des ouvertures d'un noir de poulpe. L'oranger d'une terrasse met une grappe de couleur. Au braiment d'un âne répond le raclement d'une mule, puis le crissement des roues d'un char. Un cyprès frémit dans une cour proche, mais tout tremble dans le décor de toile, à cause de cette femme qui pose un tapis de corde sur le rebord de sa fenêtre. Des hommes en tunique surgissent au fond de la perspective. Des jeunes filles venues de la cour et du jardin apparaissent avec fleurs et gargoulettes. Soudain des hommes à chapeau de fer, à jambières de cuir, montent la garde devant la Maison du Peuple. Leurs regards indifférents passent au-dessus d'un groupe de palabreurs qui se touchent mécaniquement l'épaule. L'un de ces notables se retourne et fait valser d'un coup de sandale une gamine qui commençait à sauter vers le paradis de la marelle. Au loin la mer ouvre un œil bleu.

On vient avec sûreté au Théâtre de l'Observatoire et l'on y découvre toujours des étoiles naissantes. La salle à banquettes en forte pente est nue, d'un gris qui donne à réfléchir. Il n'y a guère qu'au premier rang que l'on ne voit à peu près rien. Des billets de faveur y donnent droit. De vieilles gens à l'ordinaire l'occupent, qui ne peuvent, hélas, rester longtemps le dos tendu et le menton levé si l'on veut lorgner les acteurs en dessous de la ceinture. Ce soir, on distingue au bas de la rampe deux jeunes femmes entourant leur mère, Lucie Copernic, née Labandon, qui rajuste son peigne en os dans ses cheveux peints d'un roux éclatant. Marthe l'aînée frise la quarantaine. Elle referme son programme. Ses grands yeux semblent habitués à l'ombre. Dalida la cadette fête ce soir ses dix-sept ans. Elle n'a d'yeux que pour les gardes aux belles cuisses dont les lances forment une grille devant l'édifice communal. L'un d'eux, plus jeune que les autres, paraît absent. Il porte de guingois un chapeau de fer, si droit chez ses collègues.

— Ça commence, dit la mère. A première vue, c'est intéressant. Vous sentez ?

Les acteurs croquaient des oignons blancs selon les ordres du metteur en scène qui pensait ainsi relever encore la violence du texte et souligner la couleur locale. La forte odeur des liliacées s'était insinuée jusqu'aux loges du fond quand une clameur s'éleva d'au-delà du décor, et parut un homme que seule une ceinture rouge distinguait de son escorte. Des bras sortaient de toutes les fenêtres pour le saluer. Une toile au bout de la rue descendit des cintres. Une foule indistincte y était brossée. Des coulisses, un disque offrit alors un air de syrinx, aux reprises hésitantes et capricieuses, qui allait accompagner l'action de temps à autre. Des femmes arrivaient avec des corbeilles. Les palabreurs se retournèrent vers l'homme à la ceinture rouge, le saluèrent à courbettes et chacun le serra dans ses bras, lui souffla dans le cou.

— Sois le bienvenu, Polyphile. Nos cœurs sont à toi. Entre dans toutes les maisons, le miel et le vin t'attendent, et déjà nos femmes t'apportent des fruits.

— O notables, dit Polyphile, comment vous dire merci ? Donnez-moi vos mains, que je les touche ! Que nos odeurs se confondent !

Suivit un bruit de foule souligné par des tambourins. La syrinx se mêlait à des youyous. Deux des gardes sortirent Polyphile de la presse.

— Ne m'ôtez pas à mon peuple, s'écria-t-il en se rajustant.

— Mais tu n'es jamais là! Toujours à voguer avec tes amphores d'huile, tes jarres de résiné.

— Mes affaires sont les vôtres. Vos comptes sont les miens. Et je vous vois florissants.

— Certes, dit l'un des notables, nous n'avons rien à te demander. N'est-ce pas, Perlikos?

— Rien, en effet.

— Parlez, mes amis. A chacun son tour.

— Il nous manque des tuiles, dit le premier.

— Nous pensons à refaire le stade.

— Quelques bœufs seraient les bienvenus.

— La foudre a fait chanceler le temple depuis ton dernier passage et nos caisses sont vides.

— Nous n'avons pas payé le bourreau ni remplacé sa potence qui a craqué à la pendaison de quelques Turcs.

— Que venaient-ils faire? demanda Polyphile.

— Nous n'avons pas eu le temps de le leur demander.

— Sans compter les hommes que nous postons sur les collines. Autant de moins dans les vignes.

— Tu as vu le défoncement de la chaussée ? L'état du Priape au carrefour ?

— La fièvre nous a enlevé notre forgeron. Même le feu ne nous protège plus des miasmes. Nos chariots roulent sur les jantes.

— Nous avions deux partis. L'un pour toi, l'autre contre.

— Vous n'en avez plus qu'un ?

— Hélas, mais pas en ta faveur.

— Je ne vois qu'une solution, dit un Ancien.

— Ami, dis-la-moi, supplia Polyphile en lui touchant l'épaule. Je l'accepte. Je la prends. J'en fais le serment à tous les dieux. Il m'est impossible de vous laisser dans cet état. De ma dernière visite il me reste un souvenir de paradis. Comment se peut-il ? A quelle malignité dois-je faire face ?

— Aux impôts, Polyphile.

— Ah ! Ça n'est que cela !

L'éclat de rire de Polyphile est contagieux. La foule qui n'a rien entendu que ce cri de joie en pousse à son tour et Polyphile lève les bras pour la remercier. Du groupe des femmes sort une adolescente au beau visage. Elle vient vers lui, s'arrête et devient grave. Elle a une tablette et un stylo dans les mains. Sa voix a la fraîcheur de l'aube dans les matins d'été.

— Vous n'avez rien contre la jeunesse? demande-t-elle suavement.
— Malheureuse, s'écrie le chef grec.

La salle retient son souffle, la scène aussi et Polyphile lance une tirade émouvante.

— Comment pourrais-je l'aimer? Elle est là, et de moins en moins là, toujours en fuite. C'est le triomphe de la garce. Ravissante aux yeux de biche, aux seins plus fermes que le citron, que vois-je en toi déjà, si proches, si rapides? La chassie, les bajoues, les rides, la mâchoire qui tombe, la bave, le pied traînant, l'incontinence et l'ankylose dans une odeur que ne connaissent pas même les plus vieilles chèvres? Oh, viens que je te presse sur mon cœur et que tu sois consolée.

Polyphile la serra dans ses bras courts et l'on vit l'une de ses larmes rouler sur l'épaule de la divine. En aparté, les notables qui s'étaient distraits du centre de la scène concluaient qu'il avait peur et que tout était possible pour que leurs demandes fussent satisfaites.

— Polyphile, lança l'un d'eux. Passons la porte de bronze. Nous allons dialoguer à l'ombre.

A ce moment, Dalida Copernic qui ne le quittait pas des yeux, vit le garde qui la fascinait s'épauler à la colonne, lâcher sa lance dont la chute au bas des marches suspendit involontairement le spectacle. Un rire délivra la salle que la vision de l'avenir avait nouée. Le figurant ramassa la lance, reprit la garde et Polyphile interdit, suivi des Anciens désarçonnés, pénétra dans la maison commune. Le rideau tomba. Une voix demanda de ne pas sortir car le deuxième tableau suivait immédiatement, le temps de descendre la toile du nouveau décor. Dans la coulisse le régisseur happa le figurant.

— Fédor, ta tante Olga Raminovitch m'a demandé de te dépanner. C'est pour elle que je t'ai engagé, car nous connûmes ensemble, elle et moi, des jours difficiles dans le monde du spectacle. C'est la deuxième fois que tu es à l'amende. La première pour avoir roté, comme larbin, en servant le potage de la marquise et ce n'était pas au programme de *la Duchesse bien-aimée*. Aujourd'hui, tu lâches ta lance, et c'est à trouer la tragédie. Tu n'es pas de toute utilité dans les deux prochains actes. File et ne remets plus les pieds ici. Je ne te réclame rien.

Quand le rideau se releva Dalida ne vit plus qu'un garde dans le décor, un type au long nez, aux cuisses maigres. Son beau soldat avait disparu. Sans doute allait-il réapparaître dans l'action de l'autre côté de la toile qui représente une haute salle obscure traversée d'un rai de soleil. Les notables papotaient en désordre. On voyait luire quelques poignards. Polyphile apaisa d'un geste la rumeur et désigna l'un d'eux qui s'avança.

— Parle, Herménontès.
— Je te remercie, Polyphile, nous connaissons ta délicatesse et ton sens de l'entretien, mais nous croulons sous les charges, tu l'as vu.

— Tais-toi, dit Polyphile. Je suis un homme de dialogue, mais il ne faut pas en abuser.

On entendit des pas pressés et surgit des coulisses un chauve entre deux âges, l'air de sortir d'un balthazar, avec couperose et bagues. Son trois-pièces pied-de-poule offre sur le gilet une abondante chaîne de montre d'où pendent des breloques que l'individu pince une à une de la main gauche d'un geste qui doit lui être familier, comme on froisse du sel fin. Il se tourne vers les acteurs, les prie de l'excuser, puis s'adressant au public il parle d'une voix très humble, pendant que l'on voit poindre tour à tour au bord de la toile peinte les visages inquiets du régisseur, du pompier de service, des habilleuses, des machinistes et du directeur du Théâtre, lui-même. Le silence en ogive a la hauteur d'une cathédrale.

— Je suis l'auteur, dit-il, et je ne suis pas satisfait de ce que j'ai écrit et je vous demande pardon de vous infliger un texte dont j'ai douté à chaque répétition et que je trouve de plus en plus sans intérêt. Il est évident que vous serez remboursés et que je dédommagerai l'Observatoire qui m'a fait confiance. Quand je songe à ces heures que je vous dérobe je suis saisi de vertige et je vous trouve vraiment... mais pas de grossièretés, c'est trop facile. On se demande, en effet, ce que l'on vient chercher ici, auprès d'hommes et de femmes qui jouent tant bien que mal des personnages qu'ils ne sont pas (une rumeur s'élève du côté de Polyphile). Si tout ce joli monde nous habite pourquoi se déranger et courir le voir gâché sur une estrade? Surtout le soir où l'on est si bien chez soi à faire l'amour. J'atteins l'âge du bilan. Croyez-moi, la vie en vérité ne vaut que par le nombre de nos épectases. D'extases pour les saints! Et, jeunesse prude, ne renie pas la merveilleuse et involontaire pollution nocturne! Quel théâtre sous nos gilets de corps! Mes Grecs qui ne connaissaient pas la sainteté sortaient le soir pour se remettre de la chaleur du jour, sur les gradins de marbre. Mais nous? Attraper des puces et respirer l'insecticide pour faire la fortune de vendeurs de fantômes? J'en parle d'autant plus à mon aise que je n'ai pas besoin d'écrire des balivernes pour vivre car je possède des actions cinquante cinquante dans les sucreries de mon beau-frère Albert Deloiselle qui s'est lancé dans les éoliennes.

Les acteurs continuaient à grommeler. On leur prenait toute raison d'être. Un homme se leva du milieu du parterre, un beau vieillard altier.

— Deloiselle d'Emberge ? lança-t-il. Ils ont habité Emberge.

— Oui, dit l'auteur comme en s'excusant. Il a épousé ma sœur Blanche.

— Je n'avais pas fait le rapprochement. Je ne vous savais pas dans le théâtre. Vous rappelez-vous Justin Blase ? L'archiviste d'Emberge ? C'est moi. Je viens rarement à Paris mais on ne trouve qu'ici des nouveautés et cela me rejette chaque fois dans ma passion de l'ancien. Il n'y a que Paris pour nous faire aimer nos provinces.

Les spectateurs écoutaient et se demandaient si l'impromptu ne faisait pas partie du drame. Le régisseur et le pompier avaient délicatement prié Lucas Senois de venir en coulisse. Ils l'empoignèrent.

— Eh bien, enchaîna Polyphile dont on ne pouvait sous-estimer le métier, oui, je suis rarement parmi vous, mais ma pensée ne vous quitte pas. Je vous vois me sourire de loin. J'entends votre appel, j'accours et que vois-je ? Ces lames de fer qui pointent sous vos toges.

Herménontès et Narkos allaient lui dire qu'il se méprenait, qu'ils avaient des armes parce que l'on avait vu cette nuit encore bouger sur les collines des silhouettes turques, mais les acteurs dans les coulisses entendaient des voix s'élever.

— Vous me paierez ça ! lance le directeur.
— J'ai déjà tout payé, répond Senois. Le personnel, les décors, la mise en scène, la publicité. Que voulez-vous de plus ?
— La durée, mon cher ami... Menez M. Senois dans mon bureau.

Il se tourne vers un machiniste et fait un signe, comme Herménontès achève sa tirade :

— Oui, oui, bien sûr, on croit, et puis c'est comme le coq qui vous réveille, voilà l'aube on se dit. Nous nous levons en grinchant, en titubant vers la porte, et c'est encore la nuit, car il y a des coqs qui s'amusent à toute heure. O Zeus!

Le rideau tomba et le directeur vint s'excuser en annonçant d'un air grave que Lucas Senois venait d'être pris de vertige et que dans sa chute il avait dénoué la corde.

— Vous voyez le résultat. Bien entendu, Mesdames, Messieurs et chers journalistes, le spectacle continue dans un instant.

L'assistance applaudit et l'on retrouva le clair-obscur où Polyphile déclarait à ses Grecs que pour aller de l'avant il fallait marcher, c'est-à-dire mettre successivement un pas devant l'autre, et peiner car la route est longue.

— Eh bien nous marcherons, dit Hermé-nontès.

Dans son bureau le directeur prenait avec l'auteur un cordial. Ils entendaient les applaudissements.

— La troupe n'a plus de doute. Elle est resserrée. Demain, dit Senois, vous allez avoir une presse éclatante. Tout le monde marche. Je l'ai écrit pour la bouche d'Herménontès.

— Qui ça?

— Vous ne m'avez pas lu, c'est entendu, je le comprends, mais l'un de mes personnages Herménontès l'affirme. En ce moment même le drame est à mi-course et nous tenons le bon bout.

Une frénésie de tambourins et l'envolée de la flûte de Pan leur apprirent la fin. On applaudissait par rafales la mort de Polyphile.

— N'avais-je pas raison? dit Lucas Senois. Vous n'obtenez plus rien sans un scandale.

— Oui, répondit le directeur d'une voix pensive, oui, oui... oui... mais je compte sur votre irruption tous les soirs. Sans oublier les matinées.

— Je serai là, dit l'auteur. Je veux jouer pour mon beau-frère. Vous l'inviterez jusqu'à ce qu'il vienne.

— Allez saluer avec les autres.

Les bravos n'en finissaient pas et les acteurs de la scène du meurtre dans le bain de foule gardaient péniblement la pose ultime du drame. A l'arrivée de Lucas Senois le groupe se disloqua et Polyphile se releva à demi étouffé. Il tituba un instant et apaisa le public.

— La pièce que nous avons eu l'honneur d'interpréter est de Lucas Senois, mais je le vois qui arrive. Il ferme les yeux. La gloire aveugle.

Dalida souffrait de l'absence du beau lancier. Il méritait sa part de bravos. Où était-il? Avait-il eu quelque malaise, lui aussi? Je l'aime. Je l'aime. Elle demanda à sa mère et à sa sœur de l'accompagner à la sortie des artistes avant de rentrer à la maison. Une petite foule attendait, que dominait Justin Blase. Le concierge du théâtre se tenait devant la porte et repoussait les photographes. Un violoniste ambulant faisait la manche.

— Marthe, dit la mère, je te laisse avec ta sœur. Je vais me coucher.
— Nous aussi, dirent les filles.

Elles rentrèrent par le chemin des écoliers pour se détendre.

— L'âme humaine, j'aime mieux descendre dans la préhistoire, dit Marthe. On y trouve au moins de belles images.

— Ah! dit la mère, j'ai bien aimé Polyphile, mais je lui aurais mis une barbe.

— A ma connaissance tu n'as jamais eu d'homme à barbe, dit Marthe.

— Justement.

Dans la nuit très douce qui étirait la rumeur de la ville Dalida marchait les yeux fermés au bras de sa sœur, le soleil entre les colonnes grecques frappait le casque du porteur de lance.

— Ils avaient tous des têtes de harkis, reprit la mère, sauf l'auteur. Je me demande pourquoi son rôle n'est pas signalé dans le programme. O ma Dalida, quel bel anniversaire tu nous as donné. Remercie de ma part

Mme Raminovitch. Je l'envie. La danse conserve. J'aurais dû m'y mettre moi aussi.

— Tu fais plus jeune qu'elle, dit Marthe.

— Et toi tu repars demain sur ton chantier. Tu as encore trouvé quelque chose dans tes cavernes ?

— Des silex. Oui, je les classe.

— J'aurai fait une fille bien étrange.

— Mais il n'y a pas deux silex semblables, maman, comme il n'y a pas deux Chinois pareils.

Des chats les suivaient qui prenaient pour de l'eau les flaques de clarté tombant des réverbères et ils les contournaient.

— Et ton patron, ton professeur ?

— Ernest Calier ?

— Oui, bien sûr, à moins qu'il ait changé de nom.

— Il est rentré. Il doit voir le ministre. Il m'a laissée seule à classer nos trouvailles.

— Laisse Marthe tranquille, maman, dit Dalida. Quelle manie de lui vouloir un homme, puisqu'elle ne les aime pas.

— Je sais, soupira Mme Copernic.

Elles passèrent devant les vitres encore illuminées du Billard de l'Observatoire et d'un seul mouvement elles mirent toutes les trois le front au carreau. A travers le voilage des boules se cherchaient, se heurtaient sous les lumières basses dans un silence qui rendait vieux même le vert adolescent des tables. Marthe pensa à Pascal, à son effroi de l'infini.

— J'ai envie de dormir, dit Dalida.

— Pense à remercier Mme Raminovitch, dit la mère. Elle nous a fait avoir le torticolis, mais je ne suis pas près d'oublier cette ville grecque. Si proche j'avais l'impression de parler avec eux, mais j'aurais mis une barbe à Polyphile.

— Pourquoi?

— Il m'a gênée. Sa ressemblance avec le Président de la République!

— C'est pourtant vrai, dit Marthe. On dirait Félix Monchat.

— Comme il va partout, que pensera-t-il quand il se verra sur scène étouffé par un bain de foule?

Elles rentrèrent à la maison et chacune prit la route de sa chambre. Sous les combles, cloisons supprimées, celle de Marthe est tapissée d'agrandissements photographiques où les bisons de Lascaux voisinent avec des Vénus en os d'avant l'Histoire. Pendus par des fils des oiseaux tombent du plafond à des hauteurs différentes et se balancent au moindre souffle au-dessus du lit de bois peint. Tresses rousses non dénouées, la tête sur un empilement de coussins à dentelles, lisait une longue femme sérieuse et d'autrefois. Elle ressemble à une gouvernante de grande maison.

— Que lis-tu ? demanda Marthe.
— *La vie de Monsieur Ingres.*

Leur nuit fut longue et sans dissipation. L'aube leur parut terne comme une alliance longtemps portée. Elles descendirent pour le petit déjeuner que Maman Copernic préparait avec abondance, qu'elle fût seule ou non, et qui allait du thé à la vodka, de la viande des Grisons au hareng de la Baltique, du miel aux cornichons. Les coudes sur la table Dalida buvait une bolée de chocolat et regardait la télé encastrée dans le buffet.

— Bonjour, Cécile Materne, dit la mère. Vous avez manqué une belle chose, hier soir.

— J'étais avec le ministre à la soirée de bienfaisance du Président, mais Marthe m'a raconté.

— La mort d'un beau parleur, un chef-d'œuvre, un exemple. J'en ai déjà connu pas mal qui nous promettaient la lune. Coupe-nous les informations, Dalida.

— Je viens de voir Cécile. A une table, à gauche.

Elles se tournèrent toutes vers l'écran, mais après avoir balayé la salle des assis la caméra fixait Félix Monchat debout devant un micro.

— La misère existe, naturellement. Nous ne pouvons pas le nier, d'autant plus que maintenant pas un malheur au monde, pas un, n'échappe aux médias. Peut-être y sommes-nous habitués... La malédiction fait partie de nous-mêmes et devient banale. Je pense, oui, je pense, laissez-moi m'arrêter un instant. J'ai sous les yeux, je regarde, j'observe nos tables fleuries, nos assiettes où les meilleurs produits, poussés à l'excellence par un art qu'il n'est pas superflu d'encore et toujours admirer, par leur abondance me font penser aux meurt-de-faim. Il nous arrive d'oublier l'immense partie sombre de la planète et voici que ce soir ces assiettes nous la rappellent. Et c'est très bien, et c'est ce qu'il faut. Et il est nécessaire de nous réunir autour d'elles plus souvent encore, de nous remémorer à chaque fois notre devoir d'assistance. Merci d'être venus. Merci.

— On l'acclame comme Polyphile, dit Dalida. Est-ce qu'il croit à ce qu'il dit?

— N'en doute pas.

— Vous êtes de son bord, Cécile Materne. Je vous ai vue à la table à gauche. Vous aviez l'air éblouie, et votre ministre aussi, à côté de vous.

— Avant d'être camarade de Félix Monchat, mais d'une autre promotion, Luc Bétourné connut la même enfance et je tiens de lui le secret de la réussite du Président : il y a toujours cru. Et comme il le faisait devant l'armoire à glace de sa mère il continue chaque matin, chez lui, à s'éduquer devant son miroir, à s'apostropher, à discerner en sa personne un auditoire chaque jour plus vaste, à répéter ses discours, à les retoucher, à ne leur laisser aucune ride. C'est la sincérité pure. Nous-mêmes, Dalida, quand nous soignons nos visages, mentons-nous ? Pas le moins du monde. Nous offrons à tous le meilleur de nous-mêmes, nous tendons à l'idéal.

— Dalida, hélas, n'a aucune envie de se maquiller, dit Mme Copernic. Je ne sais pas de qui elle tient.

Dalida haussa les épaules.

— C'est une nihiliste, dit la mère d'un ton calme, mais Marthe qui prévoyait l'une de ces disputes à n'en plus finir :

— Où as-tu trouvé cette anguille, maman ? Elle est divine. Tu as changé de fournisseur ?

— Non, c'est toujours mon vieux Russe. Il me soigne. Je sais où il veut en venir, mais ça ne m'empêche pas de lui faire la conversation. J'ai beau lui dire que je suis française, il me croit polonaise.

Le présentateur des informations finissait son bulletin par les arts.

— Un dramaturge nous est né, Lucas Senois, hier soir et ce fut un triomphe. Sept rappels au Théâtre de l'Observatoire. On apprend aussi la mort du peintre monochrome Maxime Petit. Il avait commencé par l'entretien des croix dans les cimetières militaires. Il était âgé de cent trois ans.

— Je vais à mon cours d'arabe, dit Dalida.

— Et ta danse ? demanda Cécile Materne.

De Bargetal en Picardie un colis postal marqué « personnel » arriva en recommandé sur le bureau de Luc Bétourné, tout nouveau ministre de l'Environnement Spirituel. Cécile Materne, sa secrétaire particulière, avait ouvert le paquet précieusement emballé. Il s'y trouvait deux enveloppes A et B, plus une lettre qui en expliquait le contenu. Dans A brillent des photographies aériennes où l'on distingue sur les terres à betterave, à blé, à lin, la pâle trace d'une villa celtique belgo-romaine d'il y a plus de deux mille ans. Les images ont été prises à différentes hauteurs, au début du printemps et à la fin de l'automne. Dans B d'autres clichés montrent la baie de la Somme, un piège à nuages. Cécile Materne déplia la lettre.

— Qui envoie cela ? demanda le ministre.

— C'est signé Blanche Deloiselle. Une écriture boulotte. Je vous la lis :

« Sur les conseils de mon frère Lucas Senois dont la pièce fait courir tout Paris je prends la liberté de vous écrire. Mon mari, Albert Deloiselle, a commencé dans les sucres, comme mon beau-père, et fou d'éoliennes en a planté sur nos terres et fondé la compagnie L'Electri-cité dans le Vent. Avec l'âge il s'est retiré à Bargetal, sans perdre évidemment son goût de l'éolienne. Or, en creusant les fondations dans notre propriété qui domine cette terrasse natu-relle sur la mer, nous sommes allés de surprise en éblouissement, bien que nous enfonçant dans une suite de trous. Il est évident que nous ne pouvons pas en garder le secret plus long-temps et que nous tenons à vous en avertir en premier. Je vous demanderai, Monsieur le Ministre, de comprendre nos précautions et de ne pas vous fournir dans ce premier courrier une copie du film, amateur s'il en est, que j'ai tourné à plat ventre sur ce cryptopor-tique découvert le mois dernier si étrange-ment. Seuls quelques Polonais sont au courant puisqu'ils ont creusé le sol pour les fondations de l'éolienne, mais nous nous sommes assurés de la discrétion de ces ouvriers que nous connaissons de longue date en les assurant de quelques actions dans notre Compagnie. Je laisse à votre soin de me dépêcher, s'il vous plaît et dans l'incognito, le meilleur de vos spécialistes des grottes, car il ne s'agit pas d'une simple resserre à blé comme on en connaît d'autres dans nos régions qui s'inscrivaient dans la Gaule belge. L'effondrement de deux piliers montre comme une seconde cave où je descendis en rappel tant elle est profonde et j'eus la surprise de me trouver dans une grotte aussi ornée que celles qui font la gloire de la Dordogne ou de l'Ardèche. C'est à ma connaissance, après les découvertes de Boucher-de-Perthes dans notre région, mieux que celle de ses pierres taillées au paléolithique supérieur, une invention sans pareille, un trésor plus surprenant que celui de l'argenterie romaine trouvé dans nos terres à sucre il y a quelques années et qui fait la gloire de certaine vitrine du Louvre.

Figurez-vous un passé dont je ne puis moi-même dire la date. Est-ce moins 34 000 ans?

Nous sommes tombés, mon mari et moi, avec un saisissement que vous imaginez, sur un super-Lascaux. En attendant la visite espérée prochaine de vos scientifiques nous avons entouré l'excavation de fils de fer avec une pancarte : " danger, sol instable ". La vie ne cesse de nous émerveiller par ses questions toujours énigmatiques, inattendues. Pourquoi ici ? Pourquoi là ? Dans des sols qui n'ont rien à voir, apparemment, entre eux. Mais l'homme a toujours fait feu de tout bois. Je ne voudrais pas vous peser avec des vues philosophiques. Il s'agit simplement d'une manifestation inattendue de l'art. Nous savons votre intérêt pour tout ce qui le touche. Nous n'oublions pas, Monsieur le Ministre, qu'avant d'être nommé à ce poste, vous vous occupiez des Transports. Vous êtes maintenant à ceux de l'âme et du temps profond. Voulez-vous croire à notre respect, à notre indicible attente, à cet enrichissement dont nous ne sommes, mon mari et moi, que les agents favorisés par le sort ? Nous avons marqué d'une petite croix le point exact où nous conduirons avec joie vos délégués. Veuillez accepter... »

— Ce que j'en pense? dit la secrétaire. Il faut voir.

— Materne, reprit le ministre, vous m'avez suivi de cabinet en cabinet et vous m'avez toujours été précieuse. Tâtez le terrain et dénichez-moi le furet convenable, comment dites-vous déjà?

— Spéléologue.

— C'est curieux comme j'ai toujours le mot au bout de la langue sans pouvoir l'expulser. Ah! ne me rappelez pas l'inauguration de la dernière gare de triage, ce maudit « butoir » qui ne voulait pas venir.

— Oui, tout le monde attendait. Vous le cherchiez en tendant les poings, en ouvrant les mains. Et devant cette barrière invisible que vous vouliez forcer, vous dites le mot : « bref », et l'assistance respira. Vous ne pouviez rien trouver de mieux.

— Flatteuse!

Bétourné saisit la main de Materne et la baisa. Ils s'entendaient à merveille car ils n'avaient jamais eu de rapports intimes, pris l'un et l'autre par des personnes de leur sexe. Et ils avaient tous deux la petite cinquantaine.

45

— J'ai quand même des doutes, dit le ministre.

— Vous ne risquez rien, Monsieur. C'est un peu le pari de Pascal.

— Qu'est-ce qu'il a encore dit?

— Si ça n'existe pas ce sera sans frais. Nous ne perdons rien. Mystique mais auvergnat, ne l'oubliez pas.

— Bien. Notre budget n'est pas énorme, en effet, mais pourquoi ne pas répondre? Vous avez quelqu'un en tête?

— Marthe.

— Bien sûr! Pourquoi n'y ai-je pas pensé? Votre amie est dans les fouilles.

— Marthe a publié quelques rapports qui font autorité. Sur l'unique femme gravée dans une grotte du Tarn, sans tête et sans pieds, mais aux plus beaux seins et au plus beau ventre que l'on puisse rêver. Elle l'a appelée la Déesse aux Bisons. Tout un troupeau fonce sur elle et s'arrête interdit. Evidemment, il faudra expédier en Picardie Marthe et son maître. Qu'il n'y ait aucune jalousie. C'est un monde qui se dévore à la primitive, forcément.

— Partout des cannibales! Vous avez vu celui des ingénieurs? Je pensais qu'en Arts nous pourrions souffler un peu.

— C'est pire, Monsieur.

— Sortez-nous deux verres.

Luc Bétourné les remplit d'un malt dont la bouteille ne le quitte jamais, qu'il couche dans un tiroir de son bureau et qui mal rebouchée gâche parfois les documents. Ils trinquèrent, lui assis, elle debout, dans le demi-jour doré. Pour la millième fois Cécile regardait cet homme ni beau ni laid, un peu de travers même de face, à fine moustache d'employé de banque, le cheveu pâle, et Bétourné cette femme un peu sévère aux yeux cernés, couronnée d'une double tresse de cheveux roux.

— Materne, dit-il soudain, comment se fait-il que tout à coup je soupçonne que nous pourrions tenir la découverte du siècle? Moi, qui ne crois à rien. Est-ce un effet de l'Esprit?

— Il se peut. Rien n'est plus sûr que l'illusion. Venez voir comme c'est beau. Nous n'avons jamais été mieux logés.

Elle souleva le voile d'une des fenêtres. L'été dans le jardin du Palais-Royal jouait avec des pigeons, des enfants, des nurses rêveuses qu'observaient de vieux hommes à longue barbe, à cheval sur des chaises. Des pinsons sur les pierres se livraient à des travaux d'aiguilles. Un nourrisson déchirait la rumeur tranquille.

— Venez voir.
— Qu'y a-t-il?
— Rien de particulier, mais vous ne bougez jamais. Vous n'êtes jamais encore allé sur les portiques. Vous n'avez jamais traversé le jardin. La voiture vous dépose dans la rue noire. Vous n'avez d'exercice que la montée quatre à quatre de l'escalier. Vous ne vous promenez que dans votre bureau.
— C'est étrange, Materne. Vous parlez comme une épouse, toujours à me surveiller.

Il se leva et passa la porte-fenêtre que venait d'ouvrir la secrétaire, au-dessus de la colonnade.

— Quelle ordonnance, dit-elle, quand on songe aux folies qui s'y sont passées, d'amour et d'armes.

Luc Bétourné regardait en bas sur le gravier le bébé qu'une femme avait sorti de sa poussette et qu'elle agitait pour le faire taire.

— Brave petit homme, dit-il. Sans lui je me croirais dans un cimetière. Ces arcades, cette rectitude...

Le téléphone portable lançait son bip-bip. La secrétaire pensa qu'elle ne pouvait rien tirer de positif aujourd'hui de son patron.

— Allô ? dit-il en regagnant son bureau où d'autres appareils sonnaient. Non. Pas de Conseil. Pas de forum. Je suis à toi où tu veux. Pourquoi chez Lucullus ? On met huit heures à digérer. Nous sommes beaucoup mieux chez nous, voyons ! Eh bien, œuf-salade, j'adore ta salade, ta façon de la secouer à la fenêtre avec ton petit panier. C'est ce que tu fais de mieux. J'adore quand tu boudes. Oui, j'arrive.

Il raccrocha et reprit son air passe-partout qui aurait fait perdre toute chance de gagner à ceux qui jouent à se demander ce que fait dans la vie celui-ci ou celle-là qu'ils croisent sur leur chemin, innocent jeu dont les inconnus hélas ne donnent pas la réponse écrite dans leur dos. Cécile Materne le connaissait suffisamment mais s'étonnait. Elle le voyait de nouveau comme un objet sans valeur déposé à la consigne et que l'on peut très bien ne jamais aller rechercher.

— Vous venez d'avoir de mauvaises nouvelles? demanda-t-elle.

— Pas du tout. J'aime la salade. J'aime Bernard. Je me demande si ce sera de la laitue ou de la batavia.

— Vous aviez l'air si triste tout à coup.

— Pensif. Un nourrisson qui crie dans un cimetière me laisse pensif.

Avec ses colonnes tronquées, le Palais-Royal peut faire penser à un cimetière. Il est aussi vrai qu'un nourrisson vous abomine. Ne hurle-t-il pas en sachant déjà qu'on lui a donné tout ce qu'il faut pour mourir?

— Materne, voulez-vous accepter une confidence?

— Ne faites jamais cela, Monsieur. Que deviennent les secrets si on les échange ?

— Il s'agit au contraire d'une donnée éclatante. En ouvrant cette porte-fenêtre vous m'avez montré ce que je ne soupçonnais pas : je suis fait pour ce ministère. J'ai perdu mon temps à l'Emploi et aux Transports.

— Vous avez toujours fait de votre mieux, Monsieur.

— En effet, mais sans toucher à l'essentiel. Je comprends enfin ce que signifient les voix du silence. Ayez la bonté de nous resservir un doigt de malt dans cette haute tranquillité de dorures et de tapisseries.

— J'espérais cette grâce qui tombe sur les cœurs purs à l'improviste.

— Pas du tout, Materne. Vos périodes balancées, je m'en cire. Je préfère les rapports secs auxquels vous m'avez habitué et que j'ai signés chaque soir sans avoir pris la peine de les relire pour les comprendre. Le silence a toujours...

— Cette mouche dont je ne comprends pas la présence. L'entendez-vous ? Il y a toujours eu ce zonzon d'une mouche dans nos bureaux.

51

Le ministre sortit la tapette qu'il tenait dans un tiroir, dans son bureau du ministère comme chez lui. La secrétaire la prit et se mit en chasse. Cela consiste en un guet près d'un rideau soulevé. Materne attend que l'insecte affolé se jette sur la vitre pour relâcher le voile et d'un coup sec écraser sa proie.

— Bravo, dit Bétourné. Comment a-t-on pu inventer les mouches? Revenons aux bisons. Je les entends foncer sur cette femme dans la grotte picarde.

Il se pencha sur les vues aériennes des villas gallo-romaines, puis sur le carnet de ses déplacements et prit sa décision.

— Téléphonez à l'expéditrice, Materne. Que pensez-vous d'aller la voir incognito avec nos deux proches, ce dimanche qui vient? Votre amie Marthe nous dira tout de suite de quoi il retourne. Nous aviserons ensuite de la trouvaille ses confrères des sciences.

Un voyant rouge clignota sur l'un des appareils du bureau et Bétourné prit à l'écoute son chef de cabinet.

— Oui, Maurice. Bravo. Un nouveau Russe faisait monter les enchères ? Ecoutez, Materne. Nous avons acquis le véritable violon d'Ingres.

Le ministre mit l'amplificateur et la voix devint triomphante.

— Il est là. Voulez-vous que je vous l'apporte ?
— En effet, qu'attendez-vous ?

Et l'on vit entrer en premier, par délicatesse, le nez noir de la boîte à violon, puis la boîte entière et le chef de cabinet qui la portait le bras tendu, le sourcil haut, satisfait d'avoir lui-même hier fait jouer pour l'Etat le droit de préemption. On l'ouvrit sur le bureau du ministre. Parut un violon qui ressemblait au premier venu mais l'on se penchait avec émotion, les têtes se touchaient, sur le fond du couvercle où l'on voyait encore à demi déchirée une étiquette oblongue aux caractères presque effacés : « A mon Jean Auguste Dominique ».

— Vous avez l'air déçu, remarqua le chef de cabinet.

— A dire vrai, répond le ministre, je vois un violon semblable à celui que j'avais dans mon adolescence et que j'ai dû abandonner. Ce fut un crève-cœur pour ma mère qui s'était saignée aux quatre veines, je suis d'une famille modeste, pour me l'offrir à l'occasion de mes seize ans.

— Non, coupa Materne qui craignait une fois de plus que son patron ne racontât sa vie et particulièrement la chute de bicyclette qui lui avait démis le bras et dont on voyait encore les conséquences, ce léger virement sur le côté qui lui donne l'air de s'effacer pour vous laisser passer, désagrément certes, mais qui lui offre un agréable comportement diplomatique. Non, pourquoi voudriez-vous que nous soyons déçus? Ce violon nous ressemble. Notre corps est semblable à celui du voisin. Il faut trouver la main qui sache le faire chanter.

Les hommes regardaient gravement Materne qui du bout des doigts caressait la brillante surface de l'instrument et songeait qu'il n'avait

54

peut-être jamais vibré sous Ingres. L'important n'était-ce pas le regard que lui lanceraient en amants les visiteurs, derrière une vitre, au musée du Conservatoire ? Elle n'en dit rien à voix haute, mais les autres pensèrent de même. La nature les y aidait par un rai de soleil qui s'attardait sur le violon mêlant à son clair émail grenat des transparences d'armagnac et de marasquin.

— Une belle bête, conclut Bétourné en se demandant s'il n'avait pas tort de poser la question suivante : « Y a-t-il un archet dans la maison ? »

Pourquoi fallait-il qu'il en fît toujours trop ? Ne sait-il pas que son chef de cabinet fait partie d'un orchestre qui chaque dimanche joue pour la Rénovation des Labyrinthes dans les Cathédrales Gothiques ?

— Hélas, je ne l'ai pas sur moi, dit l'autre en rougissant. Excusez-moi, mais je l'aurai demain.

Les voyants de la table téléphonique ne cessaient de clignoter. Luc Bétourné répondit à son central.

— Qui ? Calepin ? Connais pas. Déjà dix appels et il insiste ? D'une cabine publique et vous entendez les jetons ? Important ! Tout est important ! Il suffit de se poser la question. Ce que nous prenons pour un rien fait dérailler une vie ou l'aiguille vers une direction hasardeuse. Ce fut la clé de mes discours dans les Chemins de fer. Rappelez-moi son nom. Palefroi ? Connais pas. Materne, un nommé Palefroi vous dit-il quelque chose ?

— Il va me le dire, lance Materne en prenant l'appareil. Allô ? Non, je suis la secrétaire particulière. Vous pouvez tout me dire. Hier après-midi ? Hôtel Drouot ? Salle 10 ? Le violon d'Ingres ? Je suis au courant. Une seconde, s'il vous plaît.

Materne mit l'amplificateur et l'on entendit une voix satisfaite qui venait des quatre angles du plafond.

— J'émets les plus grands doutes sur l'origine du violon, mais sait-on jamais ? Je puis affirmer cependant que j'ai acheté le même pour une bouchée de pain aux Puces de

Vanves, sur le pont, à une petite vieille qui en présentait quatre sur une toilette noire, les quatre mêmes, avec la même étiquette au fond « A mon Jean Auguste Dominique ». J'aimerais bien connaître celui qui en a déposé un exemplaire à l'Hôtel des Ventes. La somme atteinte est grandiose, et je me demande si je ne possède pas un fantôme. Excusez ce bruit de pièces, mais je vais être à court et j'attends votre réaction dans les journaux. Je crois aux journaux, Madame. Ils ne mentent jamais tout à fait. Des chiens peut-être, du flair à coup sûr. J'occupe la place et il y a la queue dehors. Voulez-vous croire à mon amour des belles choses, à mon respect de la vérité et pour vous-même à mes respects. Je voudrais ajouter encore un...

On entendit un redoutable choc.

— Eh bien, dit le ministre, si je pouvais avoir des doutes je n'en ai plus. Ce violon est bien celui d'Ingres. S'il en apparaît un autre nous crierons au scandale, au plagiat, à l'effarant dédain du sacré qui s'étend sur le monde, mais au bonheur que nous ayons encore un ministère de vigilance...

— Ne vous retenez pas ! dit Materne.

— Le mot me vient et s'en va.

Il se tut de nouveau. Le sang qui avait un instant rosi ses joues avait filé. L'homme était gris, quelconque. Il semblait se retirer en lui-même, mais gêné par la disgrâce d'une épaule qui ne voulait pas rentrer. Or, de cet être qui s'effaçait sortit avec douceur le mot cherché.

— ... et d'instinct, dit Bétourné. Je veux être le plus tôt possible à Bargetal.

— Voulez-vous que je m'en ouvre à Marthe Copernic ? Elle déblaierait le terrain.

— Ouvrez-vous, Materne. Je vois déjà la baie du haut d'un hélicoptère.

Un voyant clignotait sur le bureau en émettant et répétant discrètement les quatre premières notes de *la Marseillaise*.

— C'est le Président, Monsieur le Ministre.

Bétourné saisit l'écouteur et enfonça le bouton.

— Oui, Félix. Je suis de votre avis. Le temps s'annonce superbe. Nous allons avoir un été superbe. Oui, en effet – *il s'esclaffe* – il a fait si chaud, cette nuit, que moi aussi je n'ai guère pu dormir. Bernard va bien, je vous remercie – *son visage redevient grave.* Vous êtes déjà au courant ? Je comptais vous annoncer moi-même cette bonne nouvelle. Souhaitons que la grotte de Bargetal réponde à votre attente. Je sais votre ferveur préhistorique. Comment ? Oui, certes, vous auriez pu devenir le spécialiste... Pardon ? C'est une excellente idée l'hélicoptère, je ne l'avais pas eue. Je vous tiens au courant. Pardon ? Heure par heure naturellement. Vous dites ? Mais je le pense aussi, nous serons les premiers sur place, comme toujours. Mes respects, Monsieur le Président – *il rit avec douceur.* C'est une grande marque d'amitié, mais oserais-je ?

Il raccroche et dit à Materne qui levait un œil interrogateur :

— Il me demandait de le tutoyer.

— Nous avons donc tous les moyens, conclut Materne. J'alerte Marthe. Elle se

remet d'une grippe chez sa mère. Je la vois
guérie.

— Et prévenez le maître des éoliennes.

Au matin suivant la baie de Bargetal que la
haute mer recouvrait réfléchissait sous eux un
ciel en enfance, joueur et frais dans un déballage de nuages minuscules. En bottes et treillis, Albert Deloiselle attendait l'hélicoptère sur
un banc de sable au bas de sa terrasse. Sa
femme Blanche s'était parée de tous ses
bijoux. Une longue épingle ornée d'une dent
de tigre retenait son panama. Une rivière
lumineuse coulait en abondance entre ses
seins jusqu'à la ceinture de pierres du Rhin
qui barrait sa taille imposante. Bétourné penché sous le vent des pales se précipita vers elle
et reprit l'équilibre en saisissant la main
qu'elle lui tendait. Ses lèvres baisèrent la
bague qui en bouclait l'index et Bétourné surpris par l'intaille ne put s'empêcher d'y attar-
der son regard. C'est un travail romain, du
temps de Tibère. Une femme sur un trépied,
les jambes levées, s'offre à un athlète à la

barbe bouclée tendu sur la pointe des pieds par l'effort amoureux.

— Un cadeau de mon mari, dit Blanche, la sardoine des noces d'argent.

— Au moment même où l'on crucifiait le Nazaréen, ajouta Albert Deloiselle pour impressionner le ministre de l'Environnement Spirituel. Le trépied et la Croix, nous en sommes toujours là.

— En effet, dit Bétourné.

« En effet » reste sa plaque tournante, pareille à l'étoile de rails dans les dépôts de locomotives.

Il pivota.

— Notre hôte habite un site enchanteur, dit-il en présentant sa secrétaire et Marthe Copernic.

Au premier coup d'œil le maître des éoliennes décela sur ces femmes le même effluve. On prit le sentier sablonneux qui monte vers les arbres de la terrasse et que retiennent de s'ébouler quelques poutres tirées d'anciennes épaves. Un sycomore domine tout

cela, devant la maison des maîtres râblée sous
sa coiffe d'ardoises et grosse des pierres du
rempart d'autrefois. Des ruines jouent les
montagnes russes autour d'une vaste pelouse.
Des molosses attachés à des niches en béton
s'étranglaient de rage. Les anciennes écuries
laissaient voir les nez étincelants de belles
anglaises qu'astique un gentleman aux jambes
arquées.

— Mon frère aîné, dit Albert Deloiselle. Il
n'a qu'une passion : mes voitures. Ne faites
pas attention, il est sourd. Il les conduit d'ailleurs du bout des doigts, divinement. A part
ça, il ne sait rien faire. Il y a toujours dans
l'arbre des familles une branche morte. Ou on
la brûle, ou elle sert de chauffeur, mais venez,
on nous attend.

Les chiens aboyaient toujours.
Au-delà, en bout de gazon, une tente de
l'armée s'allongeait, entourée de barrières et de
fanions multicolores.

— Voilà le terrain de fouilles, dit Marthe
Copernic.

— Albert, dit Mme Deloiselle, passons d'abord à la maison. Rafraîchissons nos hôtes. Rose-Emile nous a préparé du café et des sorbets. Nous l'avons ramenée de Sicile il y a de cela...

— La nuit des temps, dit le patron. Elle faisait la plonge et les lits dans un bouiboui d'Agrigente. Songez qu'enfant elle a sauté sur les genoux de Pirandello. C'était une bâtarde de son jardinier.

— En effet, dit Bétourné.

La troupe entra à la queue leu leu par l'étroite porte qui donne sur une salle d'une grandeur inattendue, avec des lustres qui pendent aux solives. Sur une table de couvent des tasses attendaient sur leurs soucoupes.

Quand Rose-Emile parut avec sa haute cafetière à bec, Marthe Copernic serra le bras de Materne. Jamais encore elle n'avait vu de personnage plus noble et plus antique. Un liseré de soufre cernait la sombre servante sans âge au profil aigre, aux lèvres de terre cuite, aux mains d'immortelle brûlée par quel enfer ? Elle versa le café sans que l'on osât dire que l'on n'en prenait pas, que l'on préférait un sorbet. Rose-Emile disparut aussitôt, comme sur place, laissant sa silhouette s'éteindre devant la porte refermée.

— Quand j'ai cherché la meilleure place où poser l'éolienne, dit Albert Deloiselle, j'ai demandé à Rose-Emile son avis. Elle m'a fait reculer de trois mètres et je l'ai écoutée. Qu'est-ce que trois mètres sur la circonférence de la terre ?

— En effet, dit le ministre.

— Peut-être que sans elle nous n'aurions rien découvert, dit Mme Deloiselle sous le panama qu'elle n'avait pas quitté. D'ailleurs quand nous l'avons vue pour la première fois, à l'auberge de nos amours, un matin, je ne retrouvai plus la broche de diamants que m'avait offerte Albert pour mon mariage. C'est Rose-Emile qui l'a retrouvée peu avant midi, en faisant le ménage. Elle a toujours eu la main heureuse.

— Elle n'avait qu'un désir, dit Albert, nous suivre et connaître l'Amérique. Je lui dis : « La France ? » Elle m'a répondu : « C'est cela même. »

L'assistance attendait que Bétourné laissât tomber un « en effet » spectaculaire, mais il n'en fit rien.

— Je brûle d'aller aux fouilles, dit Marthe Copernic encore sous le charme diabolique de la servante aux mains d'immortelle.

— Cher Monsieur Deloiselle, ajouta Bétourné. Il est inutile de vous dire aussi l'impatience de notre Président de voir de ses yeux votre découverte. Elle dépasse la nôtre. Il eût aimé être le premier à descendre à cette nouvelle source de l'humanité. Il m'a chargé de vous le dire. Allons, mais nous n'avons pas prévu la meilleure tenue pour ramper.

— Nous trouverons tout là-bas, combinaisons, bottes, casques et scaphandres. Ces messieurs se feront un plaisir de vous prêter les leurs.

— Quels messieurs ? demanda Bétourné. Vous en avez invité d'autres ?

— Non, mais vous savez à quelle vitesse courent les nouvelles. Le tam-tam joue aussi dans les sciences. Il y a trois semaines nous appelâmes le seul médecin qui voulût bien se déranger pour l'un de nos Polonais qui creu-

sait et qui s'engouffra dans l'effondrement.
Rose-Emile nous avait dit qu'il se serait aussi
bien trouvé avec ses compresses, elle connaît
les herbes, mais voilà, on croit toujours bien
faire, et comment mettre en doute le secret
médical? Le Polonais qui ne retrouvait pas sa
tête parla dans son délire d'une caverne où des
femmes lui tendaient les bras. Il y avait foule
autour de son lit pour l'écouter. Nous vîmes
arriver le lendemain le professeur Ernest
Calier.

— Ernest Calier? s'écria Marthe Copernic.
Et il ne m'a rien dit.

— Vous le connaissez?

— Nous avons fait la Lozère ensemble,
autrefois, dit-elle de sa voix grave.

A ce moment la tête d'Ernest Calier sortit
de la tente sous un casque à lampe, tremblant
de la glotte.

— J'ai cru entendre votre contralto,
Marthe! C'est bien vous, je n'ai pas réussi à
vous joindre. Où étiez-vous?

Il lui tendit les bras et lui serra les mains à
distance. C'était toujours le même homme

66

dont on ne savait à quoi s'en tenir, étroit, un nœud papillon battant des ailes sous une barbe transparente.

— Nos amis sont tous là, oh, pardonnez-moi, c'est bien vous, Monsieur le Ministre?
— En effet, dit Bétourné.
— Mme Deloiselle a réussi à vous joindre? C'est un grand honneur et digne de la trouvaille. Extraordinaire, vous savez. C'est la première fois que nous pouvons contempler nos ancêtres dans leur intimité d'il y a 37 000 ans.

Surgit un photographe et chacun sourit à l'objectif, puis on entra sous la tente où trois hommes en treillis étaient assis à une longue table devant des casques, des graphiques, des bouteilles de vieux malt et d'eau gazeuse. Au fond se dresse une cabine de bain à ferronnerie, barre et chaînes. Un cadenas pend la gueule ouverte.

— Messieurs, dit Ernest Calier, l'Etat vient voir les lieux.

Les hommes se levèrent et vinrent embrasser Marthe Copernic qui les présenta : l'Espagnol Alonzo Diaz qui faisait toujours équipe avec l'Allemand Otto Krips et l'Italien Gian-Paolo Cosanostra qui ne quittait pas le professeur. Ernest Calier proposa que l'on s'assît pour l'écouter. Il s'assit lui-même et s'écouta. Materne et Marthe l'encadraient. Le ministre et l'éolien pressaient Mme Deloiselle.

— L'homme a toujours aimé son prochain, dit le professeur. Dans toutes les positions, même à ses pieds, mort et traversé par un épieu. Nous le soupçonnions. Maintenant nous en avons la preuve. Sur la paroi du diverticule gauche du goulot central après ce que nous avons baptisé la cuisine à cause des pierres taillées que nous avons trouvées, l'un de nos ancêtres a pour la première fois croqué une scène de nécrophagie. Nous l'avons baptisé, et c'est à Otto Krips qu'on le doit : « le Chasseur et la Morte », car si elle n'a pas de tête elle a des seins.

La porte de la cabine grinça et parurent casqués, la lampe allumée, couverts de craie et l'œil ébloui, les hommes de l'équipe qui revenait des profondeurs. Ils cadenassèrent la cabine et pendant qu'ils ôtaient leur harnachement, Ernest Calier les nomma :

— Le Suisse Gall Fendant et le Belge Fernand Manneken. Mes amis, avez-vous découvert encore autre chose ?

— C'est fantastique, dit Fendant. Vous voyez « le Chasseur et la Morte » ? Deux rampements plus loin la Morte est assise sur le Chasseur.

— Je pense que dans cette plaine de Bargetal, dit Manneken, nous remontons à contresens l'histoire de ce couple. Il doit donc y avoir une entrée plus loin. Il nous la faut découvrir. Peut-être verrons-nous ces amants au départ de leur randonnée. Nous n'allons pas encore développer les clichés puisque nous n'avions pas pris nos appareils. C'était une simple reconnaissance.

— Jusqu'ici, dit Alonzo Diaz, nous avions tous les animaux, rarement l'homme, jamais la femme, maintenant nous possédons presque un roman de bourgeois. Peut-être allons-nous découvrir au fond de la grotte les enfants restés au foyer pendant la partie de chasse de leurs géniteurs. C'est clair.

— En effet, dit le ministre.

Marthe Copernic demanda au professeur s'il pouvait sur-le-champ opérer de nouveau une descente, mais avec elle.

— Habillez-vous, dit-il simplement, et prenons nos lampes.

— Enfilez mes bottes, dit Gian-Paolo Cosanostra.

Puis on les vit s'encorder. Fernand Manneken rouvrit la porte de la cabine.

— Vous reviendrez quand? demanda le ministre.

— Le temps de jeter un œil, dit le professeur.

— Essayez de remonter avant le dessert, ajoute Mme Deloiselle. Quand je songe que nous sommes sur nos terres et que vous ne m'avez pas encore permis d'en voir les dessous.

Le photographe lançait des éclairs.

— Je comprends que vous soyez jalouse, dit Materne.

— A chacun son métier, dit Albert Deloiselle. Nous avons tout notre temps. Monsieur le Ministre est sûrement de mon avis. Tu devrais lui faire visiter la propriété. Messieurs, nous vous laissons à vos travaux. Appelez-nous quand le professeur refera surface.

Les chiens hurlaient à la mort derrière la toile que le vent par à-coups gonflait et chacun frémissait à l'idée que l'on pût les lâcher. Materne s'en inquiéta.

— Rose-Emile les libère quand la nuit tombe, dit le patron. Ce sont d'admirables gardiens. Nous ne bougeons plus de la maison avant le lever du soleil. Je vous laisse. Je vais leur dire un petit bonjour.

Glorieuse mais entravée dans la jupe des grands jours Mme Deloiselle conduisit les visiteurs au bout de la pelouse vers le kiosque légèrement incliné sur le bord de la terrasse qui s'effondrait imperceptiblement d'année en année.

— Nous y invitons un accordéoniste les soirs de 14 Juillet, dit-elle, mais nous avons passé le temps des fêtes.

Materne retint son ministre qui avait déjà mis le pied sur la première marche de cette chinoiserie.

— Vous pouvez monter, dit-elle, il n'y a aucun danger. Le Feldkommandant pendant l'Occupation y laissait paraît-il jouer un quatuor d'ophicléides. La vue est admirable.

— En effet, dit Materne.

— Vous prenez mon tic, dit le ministre.

— Pardon ? demanda Mme Deloiselle.

— C'est fantastique, dit la secrétaire.

Emue par le bon vouloir de ses hôtes et leur plissement d'yeux Mme Deloiselle devint lyrique.

— Rien n'égale ce paysage où le ciel et l'eau ne font qu'un et semblent se remplacer, se mettre l'un dans l'autre comme au jeu de la main chaude. Je n'ai pas d'enfants, hélas. C'est un lieu où telle est la beauté qu'elle touche à la désolation.

— Tout et rien, on y voit ce que l'on veut, reprend Materne en la touchant, instinctivement, à la saignée du bras. Le contraire de la célébrité qui vous arrête par une particularité. Ici, ni palais ni cathédrale, point d'îles, nulle abbaye ni forteresse, nul pic couronné d'aigles, aucun torrent, pas de pont légendaire non plus que ces collines maternelles où dorment des villages repus.

Mme Deloiselle regardait le ministre qui se mit un doigt sur les lèvres.

— Ni les forêts qui vous mangent cru, toutes choses qui vous ôtent la liberté, l'imagination, tant elles s'imposent et vous privent du reste, mais ici c'est le domaine féerique des nuages qui disent mieux que nous toute notre existence. Mon Dieu, où est Marthe ?

— En dessous, voyons. Nous l'attendons, assura Bétourné.

— Je croyais qu'elle était là, dit en souriant Cécile Materne.

— Cet endroit nous met à l'envers, dit Mme Deloiselle, et c'est pour ce kiosque que j'ai poussé Albert à acheter le domaine. Il ne voulait pas. Il a fini par céder.

Elle repiqua l'aiguille à dent de tigre dans son panama qu'un vent joueur voulait libérer.

— Nous avions une maison confortable à Emberge.

— Une belle petite ville, dit Materne, un bijou.

— Et elle vote de notre côté. Le Président Monchat l'adore, dit Bétourné.

— Mais nos fenêtres donnaient, comme dit Madame, sur des murailles, des tours, des ruines superbes où fourmille le touriste, et tout cela ne bougeait pas, du matin au soir, été comme hiver. Nous avions quelques amis que je ne voyais même pas vieillir, ni changer de costume. J'aimais pourtant bien l'archiviste, mais lui aussi, Justin Blase, restait le même et s'enfonçait au fil du temps dans son personnage avec les mêmes mots toujours. Je finis par ne plus l'entendre. Il tournait à la statue. Rose-Emile lui servait un café qu'il oubliait, sa canne sur les genoux. J'étais coincée. Ici tout s'ouvre, tout joue. Il n'est pas jusqu'à ce kiosque qui ne menace de s'écrouler et s'incline à chaque saison davantage.

Une cloche sonna, fêlée, à l'appel déchirant.

— Rose-Emile nous invite à passer à table, dit la patronne. Ne la faisons pas attendre. Elle devient rancunière et casse alors toujours quelque chose. Mais à quoi pensé-je? Il n'est pas l'heure. Nous devons avoir de la visite. Venez.

— Madame, dit Rose-Emile, on vous attend sous la tente.

Encore encordés Ernest Calier et Marthe Copernic venaient de sortir du gouffre et battaient des paupières. Le photographe était toujours dans son buisson d'éclairs. Otto Krips ajustait le cadenas de la cabine. Le professeur tira la fermeture de sa combinaison, son nœud papillon battait des ailes à travers la barbe.

— Alors? demanda le ministre inquiet dont l'épaule semblait se dérober.

— Alors, ma chérie? dit Cécile Materne, car dans les grandes occasions personne ne peut cacher ses sentiments et tous les spéléologues en éprouvèrent la profondeur.

75

— Il n'y a pas de mots, dit Marthe Copernic.

— Ne vous l'avais-je pas dit? répéta le professeur.

— Vous comprenez? dit Mme Deloiselle en se tournant vers le ministre. Depuis le début il n'y a pas de mots. J'ai tardé quelque peu à vous écrire; ces messieurs remontaient tous en me disant qu'il n'y a pas de mots.

— Qu'est-ce que je vais dire au Président? demanda Bétourné. Peut-être devrais-je enfiler une combinaison et descendre pour me rendre compte?

— Vous remonteriez en disant qu'il n'y a pas de mots.

— En effet.

Puis il se tourna vers le photographe et lui demanda un cliché général. Luc Bétourné pria les spéléologues de l'entourer et de montrer autant que faire se peut l'extraordinaire découverte. Ils crispèrent les lèvres et levèrent tous le pouce.

— Merci, mon jeune ami. Vous travaillez pour quelle agence?

76

— Je l'ai en exclusivité, dit Marthe Copernic. Fédor est un ami de ma sœur. Je le
dépanne. Je ne peux rien refuser à ma Dalida.

Fédor salua le ministre de la tête et songea
que pris de court il n'avait pas rechargé son
appareil.

La spéléologue Marthe Copernic loge du côté de l'Observatoire dont elle aperçoit la coupole de son lit si elle ne tire pas le rideau. Boursière courageuse, fille d'un émigré polonais mort de boisson, avec la rigueur d'une sentence, au casino de Forges-les-Eaux le soir qu'il fit sauter la banque, Marthe vit sa mère s'offrir l'appartement d'aujourd'hui, de grande classe, avec en duplex une série de chambres de bonne dont on a fait sauter les cloisons. Or, un 14 juillet, Maman Copernic, née Lucie Labandon, connut un harki venu avec ses décorations voir de loin l'Arc de Triomphe. Cet homme sans nom regagna le lendemain les territoires français du Sud sans soupçonner qu'il allait donner le jour à une Dalida, demi-sœur de Marthe. Les trois femmes vivent donc en se partageant les tâches de la vie. A la mère la bouche, à l'aînée la science, à la cadette le romanesque. La vie fut longtemps tranquille, mais elle a coutume de se lasser. Il lui faut faire des nœuds avec son fil, et de toutes sortes, avant de le rompre.

Lucie Copernic préparait des plats pour ses filles pour les finir souvent seule et engraissait, aidée par la télévision devant laquelle elle somnolait pendant des heures. Marthe s'absentait de longues semaines sur les chantiers de fouilles et Dalida, de nature sauvage, se réfugiait dans l'une des chambres de bonne après ses cours de danse, chez une vieille étoile, et d'arabe à l'Institut Barbès. Elle ne jugeait pas sa mère ni sa sœur, mais n'en pensait pas moins. Elle n'aimait guère Cécile Materne que leur avait présentée Marthe, après une conférence aux Arts et Métiers. Il y avait tout de même autre chose à faire que d'avoir les yeux mouillés en regardant une femme à nattes rousses sur le retour. Et ça vous gouverne ! Il y a des jours où l'on désire que tout saute.

Dalida en restait songeuse, d'un rêve si comprimé qu'une étincelle peut le faire exploser à tout moment. La sagesse est de se méfier des étincelles. D'apparence angélique à longs cheveux un jeune homme allait la porter à Dalida. Il fumait sur un banc du boulevard des Batignolles avec l'air de penser. Rien n'est si commun et vous fait tant ressembler à un malheureux. Dalida sortait du cours de danse et salua les copines qui voulaient l'entraîner d'un côté et de l'autre.

— Je vais souffler, dit-elle en traversant la chaussée vers le banc près de l'arrêt du bus, et elle s'assit à deux fesses du gars dont les yeux fixés sur le gravier ne l'avaient pas remarquée. Elle posa entre eux la bourse de toile où elle fourrait en vrac papier, ballerines, collants de rechange, fards et bouteille d'eau. Des pigeons tombaient des arbres et des gamins les chassaient à coups de pied. Dalida sortit son paquet de cigarettes, en alluma une et regarda dans un nuage de fumée la longue voiture verte qui pouvait la rapprocher du côté de l'Observatoire.

L'une des fenêtres s'ouvrit à l'étage du cours de danse et la maîtresse de ballet apparut et siffla violemment, deux doigts dans la bouche, à la voyou. Dalida vit son voisin lever le bras et répondre à l'invitée du professeur.

— Vous la connaissez? demanda-t-elle.

— C'est ma tante Olga, dit-il. Je ne veux pas la déranger dans ses heures de travail. Alors, j'attends. Je déjeune une fois par semaine avec elle. Et elle m'aide, et m'aime et me comprend.

— Je l'aime beaucoup aussi, dit Dalida. Elle parle à peine. Son œil me fait tout saisir. Vous êtes là tous les jeudis? Bizarre que je ne vous découvre qu'aujourd'hui?

— Les astres! dit-il. Salut!

Et il traversa la rue.

— A jeudi! lança Dalida.

En l'entendant il fit un entrechat et s'engouffra dans l'immeuble. Un, deux, quatre, cinq autobus s'arrêtèrent et repartirent. Dalida mit son sac en oreiller, s'allongea sur le banc et s'endormit.

Quelle que fût l'heure la tante Olga mangeait au milieu de la piste de danse, assise à la turque, et surveillait son maintien de temps à autre dans l'immense miroir de la cloison face à une fenêtre du boulevard. C'était du poisson séché, du pain noir, un pot de crème et de la vodka.

— Alors? demanda-t-elle.
— Rien, dit Fédor.
— Voilà bien d'un nihiliste.

Une odeur de suri les enveloppait, venue de la sueur des élèves, avec un fond d'eau de toilette usée. Le jour sur le parquet ciré déformait les rectangles des fenêtres sans rideaux et quelques poussières montaient de ces zones à l'apparence liquide. La tante Olga redressa le buste et ses yeux s'éclaircirent, d'une lumière froide immense et plate d'où s'élevaient des architectures de cils, palais au ras de l'eau. En russe, une longue phrase amère la fit frissonner.

— Ça veut dire quoi? demanda Fédor.
— A peu près ceci, parce que le meilleur de nous reste intraduisible : « Si tu veux laisser

une trace dans la mémoire des hommes, fouette-les. »

— Quel rapport ?

— Tout ce que tu sauras dire sur moi c'est que j'étais une galette dont tu venais régulièrement manger un quartier, et dans chaque morceau il y avait une fève. Eh bien, mon petit, j'ai récupéré le plat. Tu peux faire demi-tour et serrer ta ceinture. Tout ce que je saurai dire de toi, c'est que j'ai vu disparaître un jour sur un boulevard parisien ce qui restait de ma famille qui régnait autrefois sur les théâtres impériaux, un neveu, un souleveur d'élèves de mon cours de danse, un bon à rien, une feuille morte.

— Je ne comprends pas.

— Je t'ai vu sur le banc avec Dalida Copernic.

— Avec qui ?

La tante Olga s'était rapprochée de la fenêtre qu'elle ouvrit.

— L'innocence ne te va guère, Fédor. Elle est toujours là. Elle t'attend.

Il se leva et vint contrôler que Dalida n'avait pas bougé.

— Mes yeux m'ont-ils jamais menti? dit la tante.

— Je ne comprends pas, reprit à voix basse Fédor.

Il ressentit cependant une pesée sur son épaule, à la fois mise en garde et encouragement. La main du destin, naturellement.

— Pour lui éviter la peine de t'attendre sous ma fenêtre signifie-lui de ne plus venir. Elle ne fait plus partie de ma maison. D'ailleurs, il n'y a rien à en tirer. C'est une asperge filandreuse.

— Comment peux-tu dire que cette fille est une asperge?

— Tu la défends? Et tu dis ne pas la connaître?

— Je vois ce que je vois. Elle m'apparaît au contraire bien faite et d'exactes proportions.

Leurs voix s'élevaient et Dalida leva la tête pour cet étrange guignol. Le bruit de la circulation engloutissait leurs paroles, mais elle surprenait des gestes vifs qui la désignaient, puis la fenêtre se referma et Dalida vit le jeune

homme baiser la main du professeur et disparaître. Elle sortit de son sac son tube de
rouge à lèvres. Fédor apparut au porche de
l'immeuble et sembla marquer un temps.
Dalida le trouvait pâle. Les voitures passaient
en saccades. Elle vit Fédor lever le bras et traverser la chaussée sans faillir, causant un
embouteillage et quelques heurts de tôle.

— Dalida Copernic?
— Oui.
— Vous m'attendez?
— Depuis toujours.

Sans dire plus ils s'éloignèrent en jetant un
œil sur les fenêtres du cours de danse. La tante
Olga qui recommandait de ne pas fumer
alluma une cigarette, souffla son tison et le jeta
d'une pichenette sur le trottoir.

Fédor et Dalida prirent le bus et firent enfin
connaissance. Il leur semblait avoir attendu
des siècles et peu leur importait que le bus
quittât la ville pour un quartier excentrique.

L'au-delà même ne leur faisait pas peur. Ainsi connurent-ils le terminus, au bout d'une rue neuve bordée de jeunes acacias qui traversait un paysage de tours posées en quinconce sur une étendue de gravier où fleurissaient des pancartes d'interdiction : « Ne pas stationner. Ne pas toucher aux arbres. Ne pas rouler à bicyclette. Ne pas cracher, ni uriner, ni jeter cartons et bouteilles, ni dormir sur les bancs, ni pénétrer dans les caves réservées aux services de garde et d'entretien. » Orientés vers l'inconnu les yeux morts des paraboles à chaque étage des blocs se détournaient d'eux. Ils cherchèrent en vain un bistrot, heurtèrent un panneau malicieux planté dans le gravier : « Interdit de marcher sur la pelouse », et revinrent à la station de la Régie Autonome des Transports Parisiens. Le premier chauffeur en partance était une femme, une ronde et luisante fille d'outre-mer bouclée sous un bonnet de police, qui lisait en attendant les voyageurs un roman-photo. La page montrait en gros plan des jeunes gens qui se regardaient dans les yeux et la légende se demandait : « S'aiment-ils vraiment ? » La réponse s'alignait à la page suivante qui les montrait de dos s'éloignant main dans la main vers un lac où glissent des cygnes. Une vieille assise sur un pliant proposait dans son giron des quignons de pain et tenait une pancarte : « A votre bon vouloir ». Le couple lui offrait une pièce et tirait à pile ou face le premier qui jetterait le pain aux palmipèdes. A deux clichés de là, ils le lançaient ensemble et la légende en gros caractères affirmait : « Ils sont faits l'un pour l'autre. »

— Oui, dit la conductrice, naturellement bien sûr vous pouvez monter. Vide ou plein, je pars à l'heure.

Elle leva le nez et trouva que le jeune couple ressemblait à celui de sa brochure. Elle se crut obligée de dire :
— Il y a des canards sur le bassin du Luxembourg. Je passe à côté. C'est là que vous allez ?
— Oui, dit Dalida. Comment le savez-vous ?

L'Antillaise se toucha le nez en respirant profondément. Fédor entraîna Dalida vers l'arrière.

87

— Ainsi, dit-elle, nous avons des connaissances communes, nous devions nous rencontrer.

— Je ne crois pas au hasard, dit Fédor. On en fait avec lui la moitié, puisque l'on se trouve là en chair et en os, face à face. Alors évidemment vous vous arrêtez, vous le dévisagez.

Il y eut une sonnerie de réveil et l'autobus démarra, complet. Sous l'étiquette « Il est interdit de parler au chauffeur » le sergent de ville préposé au maintien de l'ordre dans ces voitures devisait avec la fille des îles de la difficulté de vivre seul.

— Mais vous m'avez dit que vous étiez marié.

— Ça n'empêche pas.

De leur côté Fédor et Dalida s'ouvraient aussi leur cœur.

— Des petits travaux, dit Fédor, quand ils se présentent, mais je n'en ai pas encore trouvé un qui me retienne. J'ai remplacé des amis, porteur de lettres, pompiste, colleur d'affiches mais ils ne sont jamais malades longtemps, et j'en ai fort peu. Nous avons fondé une petite société.

— Pour quoi faire?

— Tout sauter.

Il avait dit cela à voix basse et en souriant.

— Et en ce moment? demanda-t-elle.

— J'attends, dit Fédor. J'ai aidé aux vendanges et, cet hiver, j'ai nettoyé des plages, mais il manquait des pelles et des râteaux. J'ai distribué des papillons devant les Grands Magasins et il y a toujours des articles en réclame et je plaisais au service des ventes. Ils m'ont gardé deux mois, trois jours par semaine. Aujourd'hui, grâce à Fred mon copain je porte des colis pour les laboratoires Fulgence, spécialistes de la mort-aux-rats, et grâce à ma tante on me convoque de temps en temps pour faire de la figuration au théâtre. J'aime, c'est très impressionnant.

La forte odeur de pieds dans l'autobus servait d'engrais à ces propos navrants. Dalida serrait les mâchoires et songeait à sa sœur Marthe, à ses terrains de fouilles, à ses balayeurs et brouetteurs possibles, mais Fédor effaça les images qui la traversaient. Le bus venait de s'arrêter à un rond-point.

— Venez, dit-il, changeons de ligne. J'ai rendez-vous avec Fred, à notre café. Je voudrais vous le présenter. C'est à deux pas des Laboratoires où il travaille, où je le remplace de temps en temps, quand il se fait porter pâle. Nous irons après donner du pain aux canards.

Peu semblables aux amoureux de la chanson Fédor et Dalida n'étaient pas seuls au monde et ne pensaient qu'à montrer leurs trésors à toute la terre, et ils se trouvaient très riches, si démunis d'apparence.

Etroit et lie-de-vin, le Café des Innocents se trouve dans le quartier du même nom, entre une boutique d'orthopédie et une vitrine d'articles funéraires. On lit en retrait sous l'enseigne : « Maison fondée en 1814 ». On entre et tout est en bois. La peinture naïve d'un Marie-Louise avec sa jugulaire sous son shako domine le comptoir. Le bras tendu, l'enfant-soldat montre le fond de la salle d'où part, à côté des toilettes, l'escalier de l'étage réservé à la clientèle silencieuse. La maison est tenue par un « malgré nous », très vieil Alsacien rescapé de la Wehrmacht du IIIᵉ Reich. On vient l'interroger parfois, des journalistes, des historiens, des arrière-neveux, mais son français reste à jamais indécis malgré ses efforts et ne se rappelant qu'artilleries, pendaisons, incendies et ruines, sa jeunesse lui est toujours si proche et vive qu'il tourne son chapelet de misères pour l'achever par un « c'était quand même le bon temps ».

— Monsieur Hans, Fred est-il là?

Le patron pointe le plafond et Dalida suivit son ami au premier. Le vieil Hans jeta un œil sur les jambes claires et fortes. Elles le rassuraient tout à coup. Ces garçons qu'il voyait toujours monter ensemble ne lui disaient rien de bon, mais maintenant avec cette fille le naturel revenait. Aux tables du bas qui touchent les vitres sur la rue, des carreaux jointoyés de fines baguettes de cuivre s'agrémentent de rideaux au crochet où l'on voit des hommes rouler des tonneaux dans un paysage vallonné. A ces tables deux habitués demandaient une bière en levant silencieusement leurs chopes vides. Le vieil Hans en remplit deux autres. A l'étage, Fred n'était pas seul. Un garçon du même âge, la vingtaine, jouait avec lui aux échecs devant deux alcools blancs. Ils se levèrent à l'apparition de la belle.

— Fred, Thibaud, Dalida, dit Fédor.

Tous s'assirent et ce fut un long silence.

— Je n'ai pas pu vous prévenir, dit Fédor. Je viens de la rencontrer.

Le silence se tendait de plus en plus. L'escalier craqua. Le vieil Hans s'arrêta au coude et demanda :
— La même chose?
— Nous buvons toujours la même chose, dit Thibaut à Dalida, ce qu'il y a de meilleur ici, la framboise.
— Volontiers, dit Dalida.

Le cafetier fit demi-tour et, pour lui éviter la remontée, Fédor alla chercher les consommations.

— Dalida comment? demanda Thibaud. Moi, c'est Thibaud Templier du garage Templier. Lui, Frédéric Asteur, livreur chimiste aux labos Fulgence.

— Dalida Copernic.

— Vous n'êtes jamais venue chez moi? Au garage?

— Je ne comprends pas.

— Parce que j'ai laissé une chambre à Fédor, chez moi, chez mes parents, au-dessus du garage. Il ne vous a pas dit?

— Pas encore, dit Fédor, en arrivant avec la framboise.

— De toute façon, dit Dalida d'une voix très douce, si vous avez besoin de cette chambre reprenez-la. J'ai ce qu'il faut pour lui.

— Ah? dit Fédor.

De nouveau ce fut le silence.

— Je sens que je gêne, dit Dalida.

— Apparemment, marmonna Templier, mais en fait pas du tout. Fédor, tu as très bien fait ; il nous manquait une femme, et c'est elle.

— Attendez, reprit Dalida. Ce n'est pas mon genre. Soyons nets.

— Vous vous méprenez, dit Fred. Explique-le-lui, Fédor.

Fédor baisa la main de la jeune fille.

— Nous avions besoin d'une femme très belle, Dalida. Il se fait que le premier je t'ai trouvée et choisie. La preuve est que tu m'attendais.

— Parce que je t'ai vu porter la lance dans *Polyphile*.

— Pouvais-je imaginer trouver au cours de danse de tante Olga celle dont nous rêvions pour notre comité ?

— Nous avions même choisi un nom de guerre, dit Thibaud, pour une brune candide et musclée, l'œil mûr et doux, avec des fulgurances, la taille et la grâce, la voix qui sait ce qu'elle veut, s'abandonne et regarde. Présente et dans l'avenir.

94

— Et je m'appelle comment?

— Corday, dit Fred. Nous avons tellement lancé ton nom!

— Je réponds d'elle, dit Fédor, nous allons t'expliquer.

— Inutile. J'ai compris, mais je garde mon nom, dit Dalida. Allons chez moi, je préfère. Je vous demanderai de ne pas faire de bruit. Si jamais nous croisions ma mère vous êtes de ma classe d'arabe à l'Institut Barbès.

Prenant leurs verres vides, ils descendirent pour régler l'addition. L'Alsacien s'en voulut une fois de plus d'avoir eu de mauvaises idées sur ces jeunes gens serviables et il n'eut pas besoin de lever la main pour demander le silence, car il regardait, comme les deux buveurs de bière, l'écran de la télévision encastrée au-dessus de la porte des toilettes. Le Président Félix Monchat parlait d'une voix benoîte, coupée par des sautes d'électricité car un orage était sur la ville.

FÉLIX MONCHAT

Laissez-moi vous regarder dans les yeux, amicalement. Oserais-je dire tendrement? Accep-

95

tez cette confidence que j'ai retenue trop longtemps : c'est un dur métier que le mien. Je vous envie. Je vous vois avec vos enfants, avec vos pelles et vos pioches, avec vos livres, vos chevaux, l'amie délicieuse et la femme modèle, le lait qui se sauve sur le feu, le parfum des confitures, la belote, la simple contemplation de ce qu'il y a de plus beau, les nuages...

LE PREMIER BUVEUR DE BIÈRE

Il parle bien. On a l'impression d'avoir enfin des oreilles. On se sent exister.

LE DEUXIÈME BUVEUR

Il ne nous prend pas de haut. On trinquerait bien avec lui.

LE PREMIER

Il doit avoir des malheurs personnels.

LE DEUXIÈME

On ne le voit jamais avec sa femme.

Elle est si occupée d'œuvres de bienfaisance.
Les jeunes, les vieux, elle en a tant.

THIBAUD TEMPLIER

Permettez qu'on écoute?

FÉLIX MONCHAT

Le bonheur, en un mot. Eh bien, je vous
jalouse, mes chers concitoyens. Evidemment,
il est de mon devoir de vous laisser le paradis
et d'assumer à moi seul le terrible enfer de la
solitude.

LE PREMIER BUVEUR

Il faudrait faire quelque chose pour lui.

FÉLIX MONCHAT

C'est pourquoi je vous convie à m'entourer de
vos soins quand j'arrive dans vos villes dont je
ne sais laquelle est la plus belle, la plus
aimable. Oui, venez. Je compte sur vous. A
bientôt, à maintenant. Je te salue, mon cher et
grand pays.

— Cela fait six framboises, dit le vieil Hans, et comme Thibaud posait sa monnaie il vit une blatte qui traversait avec insouciance le comptoir. L'Alsacien l'écrasa d'un violent coup de paume. Le bruit fit sursauter les buveurs de bière et Dalida.

— Je ne voulais pas vous faire peur, Mademoiselle, mais ne regrettez pas ce cafard, il y en aura toujours. Pendant plus d'un demi-siècle j'ai mis de la poudre, des acides, des sucres empoisonnés. M. Fred m'a même procuré de ses poisons, rien n'y fait, j'en écarbouille tous les jours. Ils seront toujours là quand nous n'y serons plus. A qui ai-je l'honneur?

— Eh bien, Corday? lancèrent les garçons.

— Corday, dit candidement Dalida en changeant son sac d'épaule.

Les jeunes en partant n'avaient pas refermé la porte. Ils s'étaient mis à courir sous une soudaine pluie vers une fourgonnette garée par Thibaud devant l'entrée des laboratoires Fulgence avec une carte de la maison glissée par Fred sous le pare-brise.

— Ils sont avec une fille, maintenant? dit l'un des buveurs de bière.

— Oui, dit le vieil Hans. Je les trouve plus graves qu'à l'ordinaire.

— La femme fait mûrir. Vous avez vu avec quel sérieux ils regardaient le Président? Monchat séduit même la jeunesse.

Rares sont les humains sans talisman. Les uns les portent au poignet, à la cheville, à la ceinture, à l'oreille, dans le nez, au cou, gris-gris de toutes sortes, crucifix, mains de fatma, croix de Lorraine, dents de tigre, ancres, piments de corail, pierre de lune, combien encore! et d'autres au revers de leur veste, au secret de leur portefeuille, rubans, cheveux, fleurs séchées, empreintes de lèvres bien-aimées, nu jauni de l'être adoré, combien d'autres; et tout cela passe la douane le plus facilement du monde. Il arrivait régulièrement aux laboratoires Fulgence des clients de toutes les parties du monde, des Noirs, des Mongols, des Abencérages et surtout des Hindous dont certaines femmes avaient autant de paillettes sur le visage que sur le sari, d'un bleu de lait ou de ce rouge presque noir que le picador fait ruisseler à l'épaule du taureau. Le père Fulgence dont le visage en serpe émergeait d'une masse blonde et souple sentait le foin et l'aisselle des faneuses en fin de journée. Il honorait la cinquième génération des Fulgence dont l'un fut consulté par Honoré de Balzac pendant la rédaction de l'*Histoire des Treize*. Son bureau tapissé de fioles donne sur la cour arrière de l'immeuble où l'on peut voir au-delà d'un muret mitoyen gardé par les hampes de roses trémières, secrètes délices de la grise capitale, le patron du Café des Innocents rincer des bouteilles dans des cuveaux de bois. On le surprenait aussi à pisser le long d'une faïence encastrée dans un pan de l'enceinte de Philippe Auguste qu'orne un lierre éternel. Frédéric Asteur conduisait les visiteurs auprès du chimiste en chef, sans prévenir la demi-douzaine de blouses blanches des étages supérieurs penchées sur les microscopes, les glacières, les circuits électriques, les jets d'eau, les alambics et les écrans, et naturellement les blouses grises de l'entresol où l'on emballe pour les expéditions les flacons de diverses mort-aux-rats. Fred reclaquait la double porte capitonnée du patron et reprenait au rez-de-chaussée la mise au point de ses tournées qui le portaient jusqu'aux banlieues, bien que Paris restât le principal client du laboratoire, avec ses bibliothèques et ses ministères où le jeune homme ne s'étonnait pas que courût à loisir le rat. De nature attentive il lui arrivait aussi pendant ces visites d'étrangers de prendre l'escalier de service dont une porte donne sur le bureau du patron, l'une de ces portes bardées de fer à l'intérieur mais qui présente une face quelconque sur le palier, avec une vraie serrure qui ne ferme pas l'œil et montre l'innocence, si fréquente, des Services Secrets. Fred surprit là bien des scènes de famille, où Fulgence paraissait retrouver avec une fille, un fils, un neveu lointain, émotion et gestes précautionneux. L'un ouvrait son sac, l'autre son vêtement et chacun son portefeuille, d'où s'échappaient des papiers de fines plantes : fleur, rameau, feuilles, grappe écrasée, cils qui forment dans la langue du porteur le nom du dieu de l'amour. Quelques mots s'échangeaient, barbares et de latin ou d'un idiome dont Fulgence notait les constructions en se les faisant épeler, quelques discrets sourires aussi, puis le don contre une enveloppe. Fred entendait la sonnerie qui l'appelait en bas et se précipitait pour accompagner ces étrangers vers la sortie. Comme ils connaissaient la ville il n'avait jamais à leur indiquer le chemin. Certains, qui venaient régulièrement, lui donnaient même une pièce quand il leur ouvrait la porte. Après chacune de ces visites le laboratoire Fulgence entrait en ébullition. Le catalogue de l'entreprise venait de s'enrichir d'un poison nouveau que l'équipe allait analyser, ranger dans une catégorie de plus ou moins grande perversité, reproduire dès que possible. C'est au cours de la présentation d'une de ces plantes qu'une Indonésienne les bras entravés dans ses voiles eut un geste brusque qui déchira l'enveloppe de cellophane d'un trèfle à pédoncule grenat, couvert de cloques. Sa main se ferma sur la terrible plante qui s'échappait et Fred sonné par le patron accourut pour voir le cadavre de la belle Asiatique aux pieds de M. Fulgence. Ce qui le frappa fut la beauté du visage de la morte, sans rides, un sourire sous les yeux retournés. Fulgence troublé pour d'autres raisons sortit une paire de gants de son bureau et se mit à parler comme s'il était seul.

103

— Nous sommes en présence d'un produit d'une extrême qualité, dit-il, et s'agenouillant près de l'Indonésienne il recueillit les restes de la plante qu'elle serrait dans sa main et rangea le sac de la visiteuse dans un tiroir du bureau.

— Faut-il appeler un médecin? demanda Fred Asteur.
— Vous êtes là? dit Fulgence surpris. Je pense qu'elle manque d'air. Un peu de marche la ranimerait. Descendons-la.

Elle était si légère que Fred la porta seul.

— Je vous rattrape, dit Fulgence, qui vint aider son commis à poser le corps et l'asseoir contre la vitrine qui sert d'enseigne à l'entreprise.

Des rangées de rats morts pendent artistiquement à des fils sur un fond d'un bleu céleste. Les passants s'y arrêtent sans dégoût, mais surpris par la taille de certains rongeurs. Déjà plusieurs Parisiens qui marchaient vite selon leur habitude s'étaient groupés devant l'Indonésienne qu'ils croyaient évanouie et

M. Fulgence laissa l'un d'eux la gifler pour la ranimer.

— Cela part d'un bon sentiment, dit-il et se tournant vers Asteur : Vous êtes pâle. Allez donc prendre une framboise au Café des Innocents.

Dans son ample pilosité blonde Fulgence avait l'autorité d'un fondateur de secte. Sa voix sortait d'un nuage. Asteur se trouva aussitôt devant l'alcool de Hans.

— Qu'y a-t-il ? demanda le « malgré nous ».
— Une femme s'est trouvée mal devant les rats.
— Dans les derniers temps de la guerre, dit Hans, j'en ai connu qui étaient bien contentes d'en trouver. Le prix du rat montait à chaque bombardement. La paix nous ramollit.
— C'est une étrangère, dit Fred, une femme des îles apparemment.
— Parce que vous croyez qu'il n'y a ni guerre, ni rats dans les îles, dans les Célèbes, par exemple, il en arrive de partout. Comme vous êtes jeune ! Les rats nous survivront, mon

ami. Et les insectes aux rats. Puis il y aura la brûlure, le froid général, et pour finir la croûte de sable. Je vais quand même lui porter un remontant.

— Je crois qu'elle est morte, dit Fred.

— Ne soyez pas défaitiste.

Hans demanda aux buveurs de bière de garder un instant la maison mais les trois clients voulurent aller voir, eux aussi. Hans donna un tour de clé. La foule gênait la circulation et l'arrivée d'une voiture de police qui pimponnait à s'étrangler. Fulgence essayait vainement de faire reculer les curieux et craignait pour sa vitrine. Les bras levés, il se dressait face à la foule :

— Messieurs, Messieurs !

— Il y a aussi des femmes, lança un bellâtre.

— Croyez-vous que je les oublie ? Le pouvez-vous imaginer ? Ces femmes qui s'arrêtent chaque jour devant ma vitrine et délicatement détournent la tête au spectacle qu'elle offre ? Je pense à vous, Mesdames, et d'abord à ma mère qui m'a permis d'être et de devenir chef d'entreprise. Aimeriez-vous que l'on saccage votre œuvre ? Ayez le respect d'autrui et d'abord de cette malheureuse au bord de son éternité. Laissez les secours se frayer un chemin ! Et puis...

Comme il faisait silence, on se mit à l'écouter.

— ... quitte à vous faire des souvenirs faites en sorte qu'ils soient beaux. Emportez l'image intacte de cette inconnue que vous pourriez être. Laissez les choses se dérouler normalement ! Ils vont lui faire du bouche-à-bouche.

Et les voix s'élevèrent prises de pitié.

— Mourir loin de chez soi !
— Elle est peut-être française, la pauvre.
— Mais regardez-la !
— Sa robe ne veut rien dire. Nos couturiers en font défiler de plus saugrenues.
— Dans mon quartier j'ai des Français tout à fait noirs, tout à fait jaunes.
— Laissez passer !

L'Indonésienne ne vit ni le commissariat, ni l'Hôtel-Dieu, ni la morgue de l'Institut médico-légal. Une grande partie de la capitale lui échappait. Son identité même faisait défaut. Fulgence avait brûlé dans l'heure qui suit le sac à main et les papiers de la visiteuse, mais dans la soirée Fred avait retrouvé les amis à l'étage du Café des Innocents. Fédor, Thibaud Templier, Dalida l'écoutaient de toute leur âme. Un secret venait de les souder et de les pousser à l'expérience.

— Je tiens Fulgence, conclut Fred. Mon emploi précaire devient définitif. Il ne pourra rien me refuser.

— Le mieux, dit Thibaud Templier qui voulait rester le maître des décisions puisqu'il apportait beaucoup plus de moyens à lui seul que tous les amis, l'infrastructure d'une expédition : voiture et logement, le mieux ne serait-il pas de subtiliser au prochain visiteur du vieux mage le poison qu'il apporte avant que Fulgence ne lui paie sa plante venimeuse ?

— Je n'ai pas envie d'estourbir un Yéménite, un Mongol ou un Canaque, dit Fred Asteur. Laissons-les gagner leur vie tranquillement. Ils prennent déjà assez de risques avec leur cargaison et ne lâchons pas notre idée : frapper chez nous, haut et fort.

— C'est en effet chez nous que l'on s'ennuie, dit Thibaud Templier.

— On croirait qu'ils ont quelque chose contre la jeunesse, dit Dalida.

Le cafetier leur monta de la bière et sortit de la poche ventrale de son tablier une bouteille de schnaps.

— Etes-vous remis, Monsieur Fred ? Quelle tête vous portiez tantôt ! Si vous l'aviez vu, Mademoiselle Corday ! Il m'aurait fait loucher, à ressembler à ceux que j'ai vus sortir des abris, à moitié cuits par les bombes incendiaires. Tout cela pour une émigrée dont le cœur lâche. Je vous ai monté une goutte de ma réserve personnelle, car je sais à quelle vitesse se transmet la peur, c'est le pire des poisons. Vous êtes pâles comme des conspirateurs, c'est normal dans une brasserie, mais c'était très beau, quand on a vu jaune et bleu cette forme en sari portée à bout de bras au-dessus de la rue noire de monde vers l'ambulance dont le gaz d'échappement imitait les premières fumées d'un bûcher. On se serait cru aux Indes. J'ai toujours rêvé d'aller là-bas, et vous voyez, quand on désire vraiment une chose elle vient vers vous.

Douze coups sonnaient la minuit à l'horloge du bas. Le vieil Hans avait depuis longtemps fermé la porte du Café des Innocents, car il se couchait tôt par tous les temps.

— Ne soyez pas trop longs, dit-il en montrant sa clé. Enfin, ce n'est pas un jour comme les autres. La rue en fête à ce point! Je serai au comptoir. Réveillez-moi.

Ils durent le secouer.
Une fenêtre restait éclairée sous le toit de zinc de la Mort-aux-Rats. De la boutique des pièces orthopédiques à celle des marbres funéraires un sergent de ville faisait les cent pas sur les traces de l'Indonésienne, une tache un peu plus sombre que l'asphalte du trottoir. Paris ronflait légèrement, régulièrement,

comme une grande ville, et l'on sentait dans le quartier central un peu de son odeur intime. A cent mètres les attendait la voiture de Thibaud restée sur un passage clouté, berline de grand prix aux vitres bleutées plus galantes et réservées que des paupières de star. Il l'avait empruntée au garage paternel et les amis décidèrent d'aller faire un tour agréable avec elle. Etonnés de sa souplesse et de son silence, ils n'eurent pas envie de la quitter en atteignant l'Observatoire.

— Peut-être pourrions-nous... commença Fédor.
— Je le pense, ajouta Dalida.
— C'est aussi mon avis, dit Fred Asteur.

Et Thibaud reprit sa vitesse de défilé royal qui convient au carrosse à bar et télé.

Serrées, portant les mêmes lanternes, les rues à l'alignement offraient à ces rois d'une nuit un unanime respect qui de retenu au centre de la ville devint touchant et presque amoureux, les portes franchies, en abordant la banlieue. Les amis ressentaient même avec la pauvreté soudaine de l'éclairage une sorte de ferveur animale et le pays faute de lampions leur offrait maintenant les étoiles. Même Dalida ne regardait plus Fédor dont les yeux caressants l'enchantaient moins que le velours de la nuit d'été, d'une tendresse sans désir. Ils s'arrêtèrent avant les grandes forêts dont les masses obscures peu à peu s'unissaient pour on ne sait quelle attaque au bas du ciel. Ils n'étaient pas prudents d'aller au-delà, de perdre la sérénité, de se sentir assiégés. Du tertre qu'ils avaient atteint, Paris n'était plus qu'un halo de rose fanée, presque imaginaire, comme en ont les souvenirs des premières amours.

— Cela va faire du bruit, dit tout à coup Thibaud Templier.

Le silence des amis le confirmait.

Ils descendirent et se soulagèrent, à distance les uns des autres, sur le talus de la route. En reprenant leurs places dans la berline, Fred Asteur tourna machinalement le bouton de la télévision.

— Halte! dit-il

Thibaud coupa le moteur et vint sur la banquette arrière se serrer avec les amis. Il était trois heures du matin et le Président Félix Monchat parlait toujours, sans doute pour la partie du monde encore dans la lumière. Sa voix plastronnait sous l'arc triomphal des sourcils.

« On nous dit et l'on m'en fait reproche que ma présence télévisuelle est moins fréquente, hélas! que celle d'un présentateur, d'un joueur à la balle ronde, d'un Maigret, d'un Tintin, d'une danseuse étoile, d'un roqueur ou d'une susurreuse de chobise. Je fais pourtant ce que je peux. Le peuple le sait bien, et que je suis tout cela et quelque chose de plus. Naturellement, et c'est bien normal, la caravane passe. Moi aussi, figurez-vous, et je vais vous faire une confidence. Je suis où je suis, en l'ayant voulu, certes, mais un peu malgré moi. C'est ce que l'on appelle la chance. Eh bien, il m'arrive de regretter de n'être pas à votre place, de ne pas porter le courrier, le mettre dans vos boîtes à lettres, de ne pas dérouler les tuyaux du pompier, de ne pas m'arrêter au zinc avec les Parisiens du tiercé pour le petit noir du matin, de ne pas déballer mes salades à l'étal du marché sur ces places délicieuses des petites villes réveillées par des cloches millénaires, de ne pas ramasser avec ma pique les billets perdants rejetés avec rage par les parieurs sur les pelouses des hippodromes, de ne pas débiter le beurre et l'argent de ce beurre aux clientes âgées quasiment aveugles, les pauvres, sans les tromper sur le poids et sur la monnaie rendue, de ne pas en un mot, et je le dis comme je le pense, mes chers concitoyens, et pour faire plaisir à ceux qui en rêvent, de ne pouvoir en tout bien tout honneur supprimer le personnage que je suis. »

Une présentatrice aux yeux innocents lui succéda brutalement pour annoncer un tournoi d'accordéons et la suite du programme, conçu pour le Bangladesh et le Biafra, après une page de publicité. Apparurent des chats d'une grande suffisance à qui l'on présentait une gamme de plats cuisinés par nos meilleurs maîtres queux.

— Coupe-nous ça, Corday, lança Thibaud.

— Avant d'aller chez Fulgence, dit Fred, j'ai passé quelques semaines à piquer, moi aussi, les billets nuls qui salissaient la pelouse d'Auteuil, grâce à toi, Fédor. Ta tante Olga donnait des leçons de danse à la fille du concierge.

— Ma tante t'apprécie. En m'accompagnant, la première fois, tu lui apportas une fleur.

— Une simple marguerite prise en passant à je ne sais plus quel étal, tu te rappelles ? Tu voulais l'effeuiller, je t'ai retenu.

— Le monde est petit, dit Dalida. Maman Lucie ne cesse de le seriner. Déjà, chez les Labandon, à mon âge, elle entendait le grand-père employer la formule.

— Tout petit, reprit Fédor.

— Quand mon père est parti, ajoute Fred, c'est ce qu'il a dit à ma mère qui rentrait de son bureau de poste. Elle lui demandait s'il allait loin, comment elle le retrouverait.

Puis chacun rentra en soi-même, au plus profond, où sont des fresques en suspens pareilles à celles des grottes préhistoriques,

115

mais en roulant vers Paris la parole revint et
l'on bavarda ferme. Non seulement chacun se
trouvait bonne conscience, mais le feu d'une
mission juste le brûlait.

— Tu disais, Corday?
— Par Marthe, dit Dalida, nous connaî-
trons les déplacements, le jour et l'heure.

Sur tous les ministres Luc Bétourné l'emportait dans le cœur de Félix Monchat. A une génération près, ils avaient connu le même banc d'école et ils aimaient parler en tête à tête de leurs temps des Bons Pères, d'autant plus qu'ils s'étaient fort éloignés de leur foi première, en leur âme et conscience, pour se retrouver dans un parti où l'on croque du curé tout en enviant ses structures. Il leur arrive même de montrer sans le vouloir combien leur passé les marque. Ainsi se trahirent-ils de façon involontaire au service national funèbre à Notre-Dame du plus célèbre scientifique du moment, biologiste et activiste athée qui avait demandé in extremis les secours de l'Eglise romaine, car, avait-il écrit dans son testament : « Nous savons que nous ne savons pas ».

Dans le silence du public, leurs voix d'un châtré presbytéral s'étaient élevées sans hésitation pour les répons en latin à l'officiant et ils avaient accompagné la manécanterie dans le *De profundis*, à quoi personne dans la nef n'aurait songé car la curiosité était grande à côtoyer les sommités. C'était à qui mettrait un nom sur les ministres et sur les vedettes des arts et des sciences, ces dernières étant les plus difficiles à nommer, même à voix basse. Des particuliers cependant, parmi les plus doués et les plus insomniaques, reconnaissaient pour les avoir vus à la télévision dans les fins de nuit le dramaturge Lucas Senois et le spéléologue Ernest Calier.

Les grands ont aussi une vie courante. Pour se distraire un instant de leurs charges Monchat et Bétourné aimaient à découvrir les brasseries et des bières nouvelles. Ils agissaient pour leur plaisir comme pour leur politique avec méthode, quartier par quartier, en commençant par ceux de la périphérie pour en arriver au centre de la ville. Délaissant femme et ami, sous de grands chapeaux noirs qu'ils ne portaient que dans ces occasions ils se déplaçaient en voiture banalisée et scrutaient les façades derrière des lunettes teintées, attendant l'apparition d'un débit houblonneux. Il en est des choses comme des humains qui les dessinent, elles attirent ou repoussent. Ils avaient ralenti devant la vitrine de la Mort-aux-Rats qui dans son éclairage bleuté devenait la porte de l'enfer, bosselée du relief gris et filandreux des damnés.

— Si j'ai bonne mémoire Cécile Materne m'en a parlé, dit Bétourné. Elle la signale dans le nouveau guide qu'elle rédige.

— Une femme remarquable, dit Monchat. Dommage que nous lui soyons inaccessibles, mais enfin Luc, ce n'est pas à vous que je vais apprendre l'inéluctable, les déviations naturelles.

A deux pas, c'est apparemment par surprise qu'ils entrèrent au Café des Innocents, mais en réalité le destin les poussait dans son plan méticuleux. Dans cette fin d'après-midi d'une grande douceur Hans le « malgré nous » sommeillait derrière son comptoir à peine gêné par le claquement de dentier d'une Panzerdivision qui broyait l'un de ses plus beaux étés, malgré les blockhaus crachant leurs salves mortes dans la mer. Le pire vacarme intérieur c'est toujours le chant d'un oiseau qui l'interrompt ou le plus doux des bruits, la chute d'une feuille. Une main lui caressait l'épaule. Il leva la tête et crut voir la Gestapo. Des hommes à bas chapeaux mous et lunettes noires lui demandaient le coin le plus tranquille de l'établissement, bien qu'il n'y eût personne dans la salle.

— C'est pour quoi?

— Votre meilleure bière.

— Blanche, blonde, brune, cassée, myrtille, framboise, mirabelle, cumin, griottes? Accompagnée munster, bretzels? Sans faux col? Verre ou grès? Moi, je la bois dans l'étain. Sérieux ou demi?

— Nous allons réfléchir, dit Félix Monchat.

— J'ai aussi celle des Princes, brassée sans interruption depuis quatorze cent douze. C'est ma préférée. Elle sent le harnais et le nid de cigogne. Nous l'avons toujours connue dans la famille. L'hiver, on la brûlait au tisonnier rougi, quand le froid nous fripe. Nous n'étions jamais malades et c'est la seule dont l'étiquette aux caractères gothiques n'a jamais changé, avec sa devise que ni l'Alsacien, ni l'Allemand, ni le Burgonde, ni le Français n'ont jamais pu traduire.

— Qu'est-ce qu'elle veut dire ?

— On hésite, on suppose : « Laisse couler », peut-être. Un patois perdu des bateliers rhénans.

— J'allais le dire, dit Félix Monchat.

— C'est curieux, reprit le vieil Hans, votre voix me rappelle quelqu'un. Pourtant vous ne lui ressemblez pas.

— Qui donc ? demanda Bétourné.

— Le Président National.

— C'est singulier, dit Félix Monchat en baissant la tête.

— Oh non, reprit le cabaretier. Je l'entends souvent à la radio. C'est sa remarque préférée. Quand on lui présente une idée qu'il n'a pas ; automatique, il annonce qu'il allait la dire. Mais c'est sympathique. Il n'est pas là pour étonner le monde, comment voulez-vous qu'il vienne ici ? Nous ne sommes pas assez bien pour ces messieurs et quand l'un d'eux s'est pris de fantaisie pour aller partager le mironton d'une concierge, nous avons été choqués.

Ça ne nous a même pas fait rire. C'était trop, vous comprenez? Alors, avez-vous choisi?

— Décidez pour nous, dit Monchat. Nous vous faisons confiance.

— Allez à l'étage, vous serez plus tranquilles. Je vous monte la gothique. Je ne la sers pas à n'importe qui. J'aime que l'on me fasse confiance. Ah, vous regardez mon Marie-Louise! C'était un temps gigantesque.

Il se retourna vers le tableau qui domine le comptoir et lui sourit. Les deux clients avaient déjà pris l'escalier. Ils s'installèrent à la table de Corday, de Fédor, et des amis, celle que d'autres favoris du vieil Hans prennent toujours en vertu de ce pouvoir mystérieux des choses dû à leur orientation, sans doute, à la lumière qu'elles ravivent, au poids qu'elles ont pris d'avoir déjà supporté tant de coudes, tant de mains, comme certains êtres attirent plus que d'autres, et cette fatigue aussi qui leur donne douceur et sagesse.

— Gardons quand même lunettes et chapeau, murmura Félix Monchat.

En bas, le vieil Hans, troublé par l'éventail qu'il avait proposé et ne sachant que choisir, tira sa bière courante, comptant qu'elle prendrait l'éclat des merveilles qu'il avait citées. Il attendit la première gorgée et le verdict.

— Alors ?

— Voici longtemps, dit Monchat, que je n'ai pas bu plus simple et plus solide. Le Bon Dieu en culotte de peau.

— Et l'accent germanique, ajouta Bétourné en essuyant la mousse de ses lèvres, mais le Polyglotte Suprême prit soudain l'accent corse en souvenir du chef de la Grande Armée.

— Cette peinture, en bas, serait-elle à vendre, mon brave ?

— Mon Marie-Louise ? Pourquoi pas ?

— J'aurais cru que vous y teniez, dit le ministre de l'Environnement Spirituel.

— Je ne pourrais m'en séparer qu'une fois faite une copie. Cette toile me porte chance, Monsieur. Voilà trois fois que je la vends. Ça fera une quatrième. Elle m'a aidé à m'installer, à tout reboiser. C'est du beau travail, la signature est reproduite : le baron Gros, l'un de ses derniers travaux sur l'Empire. Vous savez qu'il s'est suicidé non loin d'ici ?

123

— Non, dit le ministre de l'Environnement Spirituel.

— A dix minutes à pied ! Il s'est jeté dans la Seine. Vous m'en reparlerez quand vous serez décidé.

Le vieil Hans les laissa, en songeant qu'il allait pouvoir changer ses toilettes à la turque pour un siège où lire confortablement les Mémoires gaulliens. Il ne voyait plus d'autres travaux à faire. C'était le dernier, au bout de quarante ans.

— Et vous le mettrez où, Luc ?

— Nous ne manquons pas de musées, Félix.

— Un faux ?

— En effet, mais ce malheureux Marie-Louise ne s'apercevra même pas qu'il est en compagnie de personnages aussi faux que lui !

— L'intention est bonne, dit le Président, et je suis heureux de vivre vos élans. J'en surprends tellement peu à la table du Conseil. Je parle des élans vers le beau. Vos collègues ne sont saisis que par le bon, qui est si flou, si fuyant. Oui, parlons de ce qui existe et que l'on touche. Je ne voudrais rien manquer. Ma femme sort beaucoup, mais ne me raconte pas tout, forcément. Comment d'ailleurs pourrais-je tout entendre?

— En effet, elle va où vous ne pouvez pas aller, Félix, et il y a tant d'œuvres charitables dont nous ne connaissons même pas les noms.

— Ma chère Marie-Fidèle, dit le Président.

Luc Bétourné n'y voyait pas malice. Chacun savait gré au Président d'être le premier trompé du pays. Cela rassure et rapproche. Marie-Fidèle Monchat née Barbade-Aubin allait d'inaugurations en soirées de bienfaisance, haute femme langoureuse à talons aiguilles. Elle dépasse son mari d'une bonne tête bien que sa chevelure soit plate et ceinte d'un bandeau de crocodile qu'elle change chaque jour mais assorti à la couleur du sac en même peau qu'elle balance en marchant d'une nonchalance tropicale. Dès que l'on parle d'elle les mots s'allongent avec grâce.

— Elle est l'opposé de mon Bernard, ajouta Bétourné, qui n'a qu'un défaut, sa blancheur d'athlète. On le dirait sorti à l'instant d'un bloc de marbre, et souvent je suis ébloui comme un sculpteur qui demande à son œuvre à peine extraite de la matière de parler, et même le croirez-vous? de vieillir un peu. Mais non, il est éternel et sans patine. J'ai l'impression que je suis le musée d'une sculpture unique. J'en fais le tour. Je le regarde, devant, derrière, sur les côtés, par-dessous. Je tangue, je ferme les yeux. Je reçois le coup du lapin. La beauté foudroie.

— Et vous m'avez demandé, mon cher Luc, pourquoi j'ai tenu à ce que vous soyez ministre de l'Environnement Spirituel?

La tête du vieux « malgré nous » s'immobilisa dans l'angle de l'escalier et leur demanda : « Comment la trouvez-vous? Je vous en sers une autre? » et les voyant toujours sous leurs lunettes sombres : « Voulez-vous que je tire le rideau si la lumière vous blesse? Ce serait dommage. »

— Pourquoi? dit Félix Monchat tandis que la sonnerie de la porte en bas donnait les premières notes de la *Cinquième Symphonie*.

— Le temps de servir la clientèle, je vous monte du sérieux, et je vous explique. Si vous pouvez attendre le crépuscule, et la nuit qui est préférable.

Le vieil Hans descendit, les laissant en suspens.

— Il a quelque chose de théâtral, murmura Bétourné.
— Dès qu'un homme parle, répondit Monchat.
Et ils reprirent la conversation.

— Marie-Fidèle vous a-t-elle signalé le concert organisé par ma chère Materne?
— Mais j'y étais. Vous aussi.
— C'est vrai, nous étions côte à côte. Comme en salle des ventes, le violon d'Ingres a fait un malheur.
— Un violoniste miraculeux.
— En effet. Je n'en avais jamais vu avec une barbe, et longue.
— On aurait dit qu'il jouait dessus.
— On peut s'attendre à tout d'un Russe.
— Laissons la politique, cher ami, nous sommes ici entre gens de bonne compagnie. Qu'aurais-je manqué? Quoi d'autre?

— La création au Théâtre de l'Observatoire du drame de Lucas Senois.

— Curieux nom.

— Parce qu'il est nouveau. La foule va s'y habituer.

— Comme ça se prononce, Cassenoix?

— Vos mots d'esprit sont toujours inattendus, Félix, et donc très attendus. Pas d'abstentionnistes de ce côté-là. Je les explique souvent à Bernard qui n'a pas l'air de tout comprendre.

— Je suis impardonnable. Je ne vous ai pas demandé : comment va-t-il en ce moment?

— Il reste couché.

— Il ne fait pas de folies, j'espère? Pas d'abus?

— Non, il s'est fêlé le poignet.

— Foulé?

— Non fêlé.

— Comment cela?

— En secouant la salade. Le panier lui a échappé. Il s'est penché à la fenêtre pour le rattraper et s'est heurté violemment au rebord. Quand on a des habitudes on les garde. Il la secoue toujours sur le trottoir. Il a fallu qu'il invente, qu'il le fasse à l'étage. Le résultat ne s'est pas fait attendre.

— Un grand gaillard pareil! s'écria Félix
Monchat.

— Tout est grand chez lui, même la fémi-
nité. Il voudrait que nous nous mariions et
que je lui fasse un enfant.

Puis Luc Bétourné baissa la voix, suc-
combant une fois de plus au besoin des avares
de dévoiler la quantité de leur trésor.

— J'en parlais à ma chère Cécile Materne
et savez-vous ce qu'elle m'a dit? « Vous avez la
chance d'être en République. Sous un Hélio-
gabale, un Caligula, votre Bernard enlevé par
des recruteurs deviendrait l'onobèle favori du
monarque. »

— Qu'est-ce? demanda Monchat.

— Un âne grec, en gloire.

Luc Bétourné respira profondément et
poursuivit.

— Au début du drame de Lucas Senois, un
âne tire le héros Polyphile debout sur son char.

— Mais ce n'est pas possible, Luc. On ne
peut pas sous ma présidence applaudir à de
tels tableaux de mœurs.

129

— En effet, mais rassurez-vous, Félix. Rien n'est dépravé dans *Polyphile*. Au contraire. On n'y parle pas d'amour, mais de mort.

— Ah bon, très bien.

C'était très animé, en bas. Le vieil Hans tardait à remonter. Les deux notables avaient soif et le jour caressait de gris la fenêtre. Ils posèrent sur la table à carreaux rouges leurs chapeaux noirs et leurs lunettes fumées. Les façades de l'autre côté de la rue leur parurent irréelles, au déclin du ravalement, et de ce ton qu'ont les grands malades avant de nous quitter, les yeux déjà dans l'au-delà.

— Nous vivons un moment rare, dit Félix Monchat. Je ne voudrais pas quitter ce coin. On rincerait les verres, on les remplirait, on écouterait le client sous le bras protecteur du Marie-Louise. Ce tableau de notre plus grande époque, la plus sauvage, la plus impatiente, la plus mémorable, veillerait sur nous.

Ils entendirent les timbres chanteurs de la porte alterner les premières notes de la *Cin-*

quième et les claquements de lèvres des buveurs satisfaits.

— Cet Alsacien peu physionomiste paraît nous oublier, dit le Président. Il est vrai que leur régime n'est pas tout à fait le nôtre.

— Croyez-vous qu'il va nous reconnaître maintenant ?

— Recoiffons-nous. Attention, vous vous trompez de lunettes, ce sont les miennes.

Ils se trouvèrent de nouveau méconnaissables.

— J'allais oublier l'essentiel, dit le ministre... la grotte de Bargetal.

— Je compte y aller la semaine prochaine. Je ne sais quoi répondre aux Présidents qui m'appellent de partout, d'Europe et d'Amérique. Mon téléphone rouge n'arrête pas de sonner. Chacun voudrait avoir les nouvelles en premier. Evidemment, j'ai dit qu'il n'y avait pas de mots pour décrire cette merveille. Et vous qui l'avez vue ?

— J'ai seulement vu la porte d'accès, mais comment mettre en doute les récits éclatants des spéléologues ?

— N'étaient-ils pas éblouis à la remontée par la retrouvaille du soleil? Pardonnez mon esprit critique.

— Une belle unanimité chez des personnes rivales et venues des quatre horizons prouve la qualité du trésor. On comprend qu'ils veuillent en interdire l'accès. Sommités des cavernes, des Ernest Calier, des Marthe Copernic, des Gian-Paolo Cosanostra, des Alonzo Diaz, des Otto Krips, des Fendant, des Manneken n'ont qu'un diagnostic : « C'est à couper le souffle ». Et même ma chère Materne par les confidences de son amie me répond la main sur un cœur emballé. « Les mots sont incapables de rendre la beauté de ce gouffre. Elle reste sous les mots, c'est l'inconscient de la terre. » J'aurais dit la même chose que vous pour satisfaire la curiosité de tous ces chefs d'Etat.

— Bien sûr, ce sont gens aussi simples que nous. Ils connaissent l'excès des boissons, les amours illicites et tirent la même chasse d'eau, mais peut-être ignorent-ils la douceur de nos apartés, mon cher Luc, ces entractes filiaux, ces piques délicieuses que nous nous lançons, que l'on permet aussi à l'autre de se lancer à soi-même.

— En effet, dit Luc, notre aise, qui nous fait accepter les moqueries, et même les trouver drôles. Et pourtant certaines passent mal. Je me rappelle les bancs de l'école, les doigts pointés sur moi à la récréation, dans une ronde narquoise :

Je m'appelle Luc, je m'appelle Luc.
Ah, si mon nom se retournait
Quelle drôle de figure je ferais.

— Vous êtes en forme, dit le Président. J'aimerais vous emmener dans ma prochaine tournée.

— En tout cas, pour Bargetal passez par Emberge, c'est une ville fervente comme toutes les vieilles, surtout estropiées. Elle vous offrira le plus chaud des bains de foule.

— Elle vote pour moi à 50,05 %.

— Vous êtes sûr?

— Je connais mon pays jusqu'au dernier des bourgs, dit le Président. Incollable. C'est mon domaine. Que dirait-on d'un maître de maison qui ne saurait pas le nombre de ses petites cuillers? Rappelez-vous l'Empereur qui d'un corps à l'autre déplaçait par leurs noms, depuis Grosbois, à quatre cents lieues de distance, quarante-sept hommes de son armée d'Espagne? Eh bien, Emberge, 15 200 habitants, 7 013 électeurs, 5 049 votants, 14 billets nuls m'offre 2 525 voix, 72 % d'abstentionnistes. Qui d'autre pourrait espérer serrer 5 000 mains à son passage? Ils ne seront pas tous manchots ou malades, ce jour-là. Ils porteront même leurs enfants sur leurs épaules. L'enfant, notre réserve, notre futur, la sainte enfance. Une seule chose me retiendrait de me détourner d'Emberge.

— Laquelle?

— A-t-elle une maison où l'on mange bien?

— La Casserole d'Argent.

— Arrangez cela, Luc

— Il y a aussi le Mouton d'Or, à dix kilomètres, à Fauqueux.

— Fauqueux, dit le Président en ramassant ces sourcils, Fauqueux 6 500 habitants, 49 % de...

Il fut distrait par la violence de la sonnerie beethovénienne. Le vieil Hans venait de rejeter à la rue un adolescent assez soigné accompa-

gné d'un chien d'appartement et qui planté
sur le seuil posait d'une voix pâle une étrange
question : « Avez-vous quelque chose contre la
jeunesse, Monsieur ? » Le vieil Hans ne songeant qu'à la sienne en trois pas fut sur lui et
l'expédia d'un coup de genou. Le cafetier des
Innocents reprit le plateau pour les clients de
l'étage et le leur présenta avec des excuses, joi-
gnant les talons, le buste raide et penché.

— Pardonnez mon retard et cette allure
d'entre-deux chaises dont je n'arrive pas à me
débarrasser, mais l'Histoire me l'a imposée.
Par bonheur, je viens d'avoir une petite colère
qui m'a libéré. J'ai mis à la porte un innocent
qui me demandait si j'ai quelque chose contre
la jeunesse ! Vraiment, on ne sait plus quoi
inventer. J'en viens aux choses sérieuses. Ne
croyez pas, Monsieur le Président, que vos
sourcils ne vous ont pas trahi, ni votre épaule
qui se dérobe, Monsieur le Ministre, mais je
pense que vous teniez à ma discrétion. Le
client est roi. A chacun ses raisons. Je fais
partie du bon peuple qui comprend tout.
Comptez sur lui. Mettez-vous à l'aise. Soyez
assurés que je ne vous ai jamais vus, mais je

vous réserve le tableau, Monsieur le Ministre. Envoyez-moi le plus tôt possible la copie de mon Marie-Louise. Ne laissez pas mon comptoir orphelin. Maintenant que nous sommes détendus, j'en viens à l'histoire de cette fenêtre qui parle surtout la nuit. Je n'ai qu'une parole et la nuit est là. J'éteins cette lampe et vous prie d'approcher.

Les fenêtres d'en face s'allumaient en damier, au hasard des cases. L'enseigne au-dessus de la porte était doucement éclairée : *La Feuille de Rose.*

— Une maison sérieuse, dit le vieil Hans, et la qualité dans ce domaine attire la quantité, mais vous comprenez ma situation. Nous sommes ici dans ce qui fut ma chambre pendant mes meilleures années qui pour l'homme vont de quarante à soixante ans, mais un tel spectacle toujours nouveau bien qu'identique avec ses combinaisons limitées peu à peu m'a épuisé. J'ai dû quitter cette fenêtre et transférer mon lit sur la cour où je ne vois plus qu'un mur couvert de lierre, si reposant.

Monchat et Bétourné captivés par les divers ébats qui paraissaient déchiqueter la lumière dans les chambres d'en face perdaient une partie de l'histoire solitaire de l'Alsacien.

— C'est un spectacle familier mais captivant, dit le Président, et il crut même reconnaître la longue silhouette de sa Marie-Fidèle retournée en tout sens, travaillée comme une pâte à pain, par un costaud en maillot de corps.

— Comment est-ce possible? demanda Bétourné. On doit les voir de partout.

— Seulement de notre immeuble, dit le vieil Hans. Au-dessus de moi ce sont des retraités. Ils louent leurs fenêtres pour boucler leurs fins de mois. Eux aussi ont fini par vivre sur la cour. Sans regret. La monotonie de ces dessins animés n'a d'égale que la faiblesse dans laquelle ils nous plongent. Comment s'étonner que le peuple y puise sa morale? C'est pourquoi de temps en temps je laisse quelques jeunes de ma connaissance monter ici et rester jusqu'à la nuit. Je fais une bonne action et je ferme les yeux. Ils pensent que je n'en sais rien.

— Eh bien, dit Félix Monchat, je vous remercie pour eux, pour nous, mais à propos de peuple j'ai des dossiers qui m'attendent. Je suis heureux d'avoir, grâce à vous, pénétré plus avant la connaissance de mes électeurs. Nous ne les analysons jamais assez. Merci, mon ami.

— A votre service, dit le vieil Hans.

— Votre collaboration mérite sa récompense. Vous êtes dans un ordre quelconque? Les palmes?

— J'ai été de l'Ordre Nouveau, autrefois, malgré moi. Vous pouvez le dire, à moi la palme!

Devant l'étonnement de ses hôtes le vieil Hans leur proposa une framboise et conta sa douloureuse histoire.

— Il faut faire quelque chose, dit le Président en prenant le bras de Bétourné. Proposez-moi notre ami.

— Je suis très honoré, dit le vieil Hans. Cela ne m'étonne plus d'être des vôtres. Rentrez bien. Remettez vos chapeaux et vos lunettes noires.

Il les leur tendit, ralluma la lampe et tira le rideau. L'escalier eut quelques craquements et leur rappela qu'eux aussi vieillissaient, marche à marche. La nuit sentait l'édredon. Monchat et Bétourné ne disaient mot. Ils n'avaient jamais été autant Félix et Luc. Seul l'ami sait partager le silence. D'une fente entrebâillée par la tiédeur tomba le collier des douze pierres les plus précieuses d'une pendule. Vivait là sans doute et sans trouver le sommeil une dame un peu grosse.

— Mais, dit tout à coup le Président, nous n'avons pas laissé la voiture ici ?

Ils eurent beau tourner, traverser la rue, revenir, aller un peu plus loin, elle avait disparu.

— J'aperçois là-bas un de nos sergents, dit Bétourné en remettant ses verres fumés. Attendez-moi. Je vais l'interroger.

C'était le garde que la Préfecture avait placé devant la Mort-aux-Rats, un réserviste aux favoris blancs. Il faisait les cent pas et, comme on le hélait, il se rapprocha de la silhouette à la craie sur le trottoir où l'on avait trouvé le corps de la porteuse de poison.

— Pardon, mon ami, vous n'auriez pas vu démarrer sous votre nez, là, une voiture?

L'autre salua militairement, mais d'un militaire qui doute après tant d'années.

— Là? dit-il d'une voix myope.
— Oui, là.
— Sous mon nez? Une voiture comment?
— Banale.
— Quelle marque?
— Je n'ai pas à faire de publicité.
— Avez-vous laissé une vitre ouverte?
— Non.
— Alors, c'est bien cela. On l'a volée. Je l'ai pensé tout de suite. J'étais à l'autre bout quand un individu en a brisé une, posément d'ailleurs. Il est monté, s'est penché, je ne le voyais plus. J'arrive. Il démarre. Pas le temps de prendre son numéro.
— Tant mieux.

— Pardon?

— Je vais rentrer à pied, dit Bétourné.

Et l'autre :

— On oublie trop que la marche fait du bien.

Le vieil Hans resté seul dans le café désert s'était mis comme chaque soir à faire sa caisse, une sorte de sacrement qu'il accompagnait à voix sacerdotale d'une litanie de chiffres et de nombres. Tout en notant les siens, il racontait ceux qu'il avait surpris, malgré le bruit de la salle, dans la conversation du Président et du Ministre dont les voix s'étaient élevées si vives au moment de leur fièvre électorale. Le nom d'Emberge l'avait frappé. Il l'écrivit machinalement sur sa feuille de comptes et le barra en se demandant s'il ne devenait pas fou, mais le coup de crayon au lieu d'effacer Emberge l'auréola.

Lourde, racoleuse, avec ses yeux de mazout, ses aperçus de peau blanche et ses battements de sac gonflé d'éponge et d'ouate, la Seine regardait passer sur la berge le ministre de l'Environnement Spirituel et son Président préféré.

— Elle est comme nous, dit Monchat, elle n'a plus sa première fraîcheur.

— J'ai de bons lits au Palais-Royal, dit Bétourné. Marie-Fidèle et Bernard nous attendent-ils? Vraiment? Chacun de son côté, nous allons dormir tranquillement. Qu'en pensez-vous?

— Je ne dis pas non.

— Avec cet air si triste?

— Parce qu'il n'y a pas si longtemps, après le spectacle que nous a offert l'Alsacien, j'aurais eu des idées.

— Oubliez l'Hôtel de la Feuille de Rose, Félix.

— Quand je pense à tous ces enfers dans la ville, à tous ces corps dans une fumée de chypre, on se damnerait. A quoi pensez-vous donc?

— A cela, dit Bétourné en montrant le Louvre, au Marie-Louise que nous avons déni-

142

ché derrière le comptoir du Café des Innocents. Il entrera là. C'est sa place.

— Si tous vos collègues avaient votre zèle,
Luc, j'entrerais dans l'Histoire. Vous croyez
que le Conservateur ne fera pas de difficultés ?

— Aucune. Il suffit d'accepter que c'est lui
qui l'a trouvé.

— Notre Marie-Louise, murmura suavement Monchat.

— Il n'est plus à nous, Félix.

En toutes langues la pile des journaux du jour attendait le Président à son bureau. Leur haleine à l'encre repoussait quelque peu celle des boiseries dorées où s'étaient adossés jadis des valets à perruque surveillant de nobles contredanses et fournissant l'orangeade aux chuchoteuses de potins où l'amour l'emportait. L'un des secrétaires avait encadré au crayon rouge le fait sur lequel toutes les rédactions s'étaient penchées : « La grotte de Bargetal », « Miraculeuse découverte », « Le chant profond d'une éolienne », « L'homme commença par un chef-d'œuvre ». L'équipe des traducteurs avait joint les articles émerveillés de Gian-Paolo Cosanostra, d'Alonzo Diaz, d'Otto Krips et de l'un de ces Chinois qui ont toujours un œil à la serrure. Plus étonnant, certains Russes demandaient déjà des droits de reproduction, grandeur nature, de Bargetal, « Lieu sacré, désormais à tous ». Félix Monchat parcourut assez vite les articles car la plupart reproduisaient le même texte, à quelques adjectifs près, mais il s'arrêta sur la phrase essentielle enfouie dans les superlatifs : « Le monde a trouvé l'Arche de Noé. Tous y viendront » et il craignit d'arriver le dernier. Sur son ordre on alerta la Culture et la famille Deloiselle. Pour l'heure du déjeuner, un hélicoptère emporta Monchat, Bétourné et Cécile Materne vers la terrasse inspirée. Le miroir de la baie à marée haute tourna sous eux et leur envoya une poussière de soleils en taquinerie. Enfance du monde. Ils descendirent aux pieds de Mme Deloiselle qui en fut flattée. Le groupe des spéléologues s'était mis sur un rang ; Cécile Materne tomba dans les bras de Marthe Copernic.

— Blanche, dit Albert Deloiselle, ne faisons pas languir les autorités. Montrons-leur le miracle. Il n'est pas plus à nous que les Vierges apparaissant aux plus humbles des bergers.

— Ce moment est le couronnement de ma carrière, dit Ernest Calier en s'inclinant devant le Président.

Une odeur sucrée câlinait l'air et le Président s'arrêta pour la savourer.

— Ma cuisinière Rose-Emile vous fait des crêpes, dit Blanche Deloiselle. Elle y excelle.

— Une fois, dit le Belge Fernand Manneken en arrêtant le cortège devant la porte fermée, d'elle-même mystérieuse et qui jetait un froid d'acier, je parle en qualité du dernier descendu en compagnie de mon collègue et ami suisse Gall Fendant.

Le Président salua ce dernier d'un lent mouvement de la tête.

— Fendant, dit-il, quel bonheur de porter un nom aussi frais, aussi vif, qui me rappelle les hauts triangles blancs posés sur les lacs d'un pays qui m'est cher. Je vous félicite.

— Il n'est malheureusement pas possible, reprit Manneken, de vous faire ramper en ce moment. Un éboulement intempestif nous a fait faire demi-tour, ce matin, et interdit toute visite. Nous tenons à votre vie.

— Je vous remercie, dit Félix Monchat, dans le silence général, mais ma vie n'est pas à moi, elle est à vous tous et c'est très bien que

146

vous y portiez attention. Je cède à votre gracieuse mise en garde.

Tous l'applaudirent spontanément et Luc Bétourné demanda si le Président pouvait se faire une idée des splendeurs qui l'attendaient après la remise en état des conduits. Il avait lui-même le souvenir d'un émouvant compte rendu, lors de sa première visite. Aussitôt plusieurs prirent ensemble la parole et durent se taire pour que l'on pût les comprendre. Gian-Paolo Cosanostra qui avait la voix la plus sonore et la plus timbrée se détacha du chœur.

— Il faudrait chanter, dit-il, et ne se point contenter d'un récitatif énumérateur. En fait, je ne vois pas les mots, même colorés par le plus vibrant des symphonistes, ni leur alliance la plus poétique atteindre à ce que chacun de nous voudrait vous faire partager. Il n'y en a pas.

— Le silence seul convient au divin, ajouta Ernest Calier.

La cloche de Rose-Emile les appela sous la tente et ils se retrouvèrent devant une pile d'assiettes qu'un bac de braise maintenait au chaud. Manuel, le fils sans travail fixe d'un peintre de Bargetal, prêtait main-forte à la cuisinière. Il flottait dans une veste blanche d'Albert Deloiselle que la patronne lui avait fait endosser impromptu et dont elle avait coupé le bas des manches, sans regret mais au contraire avec plaisir, car cette veste de gala lui rappelait une soirée où son mari s'était éclipsé avec l'une de ces bourgeoises qui n'ont l'air de rien, mais une seule pensée, on sait bien laquelle, en dansant avec un sucrier devenu roi de l'éolienne. Bassesse du monde !

— En résumé, dit Ernest Calier, vous savez combien l'intelligentsia ne veut pas rater le dernier train, et laisse sur le quai ce qu'elle a un instant adoré. Je plains Lascaux et sa chapelle Sixtine.

— J'allais le dire, avoua le Président. Ce que vous m'avez dépeint me laisse coi. A mon tour je ne trouve pas les mots.

— La France n'en est cependant pas avare, dit sans querelle Otto Krips, c'est pour cela que nous l'aimons, d'ailleurs. Nous avons souvent besoin d'elle.

— Ces crêpes sont d'une légèreté inaccoutumée, dit Félix Monchat. Je vous félicite, Madame.

— Rose-Emile, vous entendez? lança Blanche Deloiselle. Où est-elle encore passée? On la croit loin, elle est dans votre dos. On l'appelle, elle n'est jamais là. Il est très difficile de vivre avec le personnel. C'est une fille des îles, que voulez-vous.

— Ma femme aussi, dit le Président. Par définition elles s'isolent.

— Et pourtant, dit Alonzo Diaz, ce sont les îles qui tôt ou tard ont fait nos richesses.

— Je considère d'ailleurs cette terrasse de Bargetal comme une île, ajouta Marthe Copernic.

Rose-Emile revenait avec un panier de fer alourdi d'une bouteille en grès.

— Où étiez-vous? demanda la patronne.

— Je préparais le trou normand, n'est-ce pas, Monsieur?

— Un genièvre que mon père tenait de son père et mon grand-père de son oncle, dit Albert Deloiselle. Emmuré en 1870 dans une citerne de notre première sucrerie. Encore un que vous n'avez pas eu, Otto Krips!

— Mais tout arrive, il suffit d'attendre, dit l'Allemand. Nous avons le défaut d'être trop pressés.

Son rire, les autres l'eurent et l'euphorie gagna même Cécile Materne dont la jambe sous la table n'avait pas quitté celle de Marthe Copernic.

— C'est bien que tu restes ce soir, murmura Materne.

— Bétourné m'a dit de prendre un taxi et de m'occuper d'Emberge pour la visite de Monchat. Le Président semble obsédé par cette ville.

— Pour quelle raison?

— Un manuscrit déchiffré par un certain archiviste du nom de Justin Blase.

— C'est une bonne raison. Tant d'hommes ne se déplacent que pour découvrir un restaurant.

150

— Mais il y a les deux. La Casserole d'Argent est célèbre. D'ailleurs, j'ai très envie, moi aussi, de voir le trésor d'Emberge. Justin Blase a découvert paraît-il, dans son grimoire, en regroupant les lettres capitales qui ouvrent les chapitres un sonnet du plus ardent amour. Je le noterai pour te le dire en rentrant. A propos, j'ai trouvé la semaine dernière que ta mère avait bien mauvaise mine.

Le trou normand tournait au cratère d'où les propos montaient en fumerolles et leurs volutes s'entrecroisaient sous la tente.

— Un bison obstrue le diverticule ouest, disait Ernest Calier. Son œil même interdirait le passage.

— Maman a du souci pour Dalida.

— On ne peut pas demander à tous les dictateurs de se cacher des années dans un cercueil pour attendre leur délivrance, comme notre Philippe II.

— Dalida est amoureuse, tout simplement.

— Ce qu'il y a de beau dans la mort ce sont les tombeaux qu'elle suscite, et je ne parle pas que des Pyramides. Regardez celui de Napoléon. Quelle vague ensanglantée !

151

— Fédor est agréable, mais sans consistance.

— Attendez les sorbets de Rose-Emile. Toutes les Antilles vont vous fondre dans la bouche. C'est une magicienne.

— Ce n'est déjà pas mal d'avoir un bel extérieur.

— Vous verrez que la Chine qui n'arrête pas de s'ouvrir trouvera le moyen de tomber sur un Bargetal.

— Elle a tort, on peut tout faire avec l'inconsistance. Je t'aime, amour.

— Ces crêpes resteront dans mon souvenir.

— Moi aussi, ma douce.

— L'air est le principal. Il y en a partout. L'avenir est à l'éolienne.

— Nous sommes des Copernic et c'est un Raminovitch. Sans parler du Mausolée et de la mer d'Icare.

— Les hommes lui ont fait tant de misères.

Dans la cuisine, au moment d'apporter les sorbets, Rose-Emile détacha la feuille de l'éphéméride, la glissa dans son bracelet de coquillages, réchafauda son turban, se carmina les lèvres, sortit d'entre ses seins la croix de corail jadis offerte par le commandant du cargo qui la sortait de ses arbres à pain, et jeta un cerne supplémentaire à son œil tropical. Elle présenta d'abord au Président sa crème à la noix de coco et se penchant lui dit qu'elle était étonnée.

— Mais pourquoi?
— Je vous en prie, Rose-Emile, s'écria Mme Deloiselle. Un peu de tenue.
— Laissez-la s'exprimer, dit Félix Monchat. Qu'elle en profite. Je suis malgré moi si souvent loin de la voix du peuple. J'aime la simplicité.
— Eh bien, dit la cuisinière.

On écouta, tout buste penché.

— J'ai voulu nourrir vos serviteurs et je n'ai trouvé que le pilote de l'hélicoptère. Où sont passés vos gardes du corps?
— Je n'en ai pas, dit en souriant le Président, je n'en ai jamais eu, et je n'en veux pas. Je veux laisser le souvenir d'un homme que

153

l'on peut prendre à bras-le-corps si l'on en a envie.

Rose-Emile posa son plateau, saisit la main du Président, la baisa, puis l'ouvrit.

— M'accordez-vous la faveur d'en lire les lignes?

— Vous dépassez les bornes, Rose-Emile! lança Mme Deloiselle.

— L'avenir n'en a pas, dit mélodieusement Félix Monchat en reprenant sa main et pour montrer l'étendue de sa diplomatie. Je sais bien que mes prédécesseurs, jusqu'au plus haut par la taille, ont eu recours aux astrologues et aux cartomanciennes. Peut-être que l'Histoire dira que je fus exceptionnel en ce domaine de la devinette.

— J'ai vu que vous serez bientôt dans toutes les mémoires. Puis-je vous demander un autographe?

Rose-Emile sortit la feuille de l'éphéméride, et comme le Président qui n'avait évidemment vu que le bon côté de la prédiction ne trouvait pas son stylo, les spéléologues tendirent le leur d'un seul geste. Il prit celui de Cécile Materne, le plus proche.

— Je mets simplement votre prénom, susurra Félix, comme à la grande sœur de ma Marie-Fidèle.

Et il dit à voix haute ce qu'il écrivait : « A Rose-Emile, reine des sorbets ».

— C'est un modèle, dit Bétourné à Casa-nostra, il voit sa femme partout.

Marthe Copernic glissa à l'oreille de Cécile que cette voyante venait de jeter un froid.

— Mais non, ils applaudissent.

Cependant, pour reprendre la situation en main, Mme Deloiselle demandait à la société comment elle désirait le café, mais Rose-Emile forte de la signature présidentielle répondit pour tous :

— Je l'apporte comme d'habitude, Madame, à la turque, à la belge, à l'italienne et en poudre. Sucre de canne, betterave, blanc, roux, candi, cristal concassé, semoule et en sirop.

— N'oubliez pas ma saccharine, dit Albert Deloiselle.

— Ça tombe sous le sens, dit Rose-Emile.

Quand elle eut fait demi-tour ce fut un concert de louanges et Mme Deloiselle avantageuse inconséquente y mit le point d'orgue :

— C'est une perle.

Après le café le Président se leva et leur fit signe de rester assis. Personne d'ailleurs n'avait envie de se lever. Le bonheur, c'est de rester là, un beau jour, jusqu'à la fin du monde.

— De bonnes âmes m'ont fait remarquer la simplicité dans laquelle, paraît-il, je suis tombé. Eh bien, naturellement, j'y consens et je vous prends à témoin. Je n'ai jamais cherché à passer nos frontières, mais au contraire à creuser le sol que l'on m'a confié. Ai-je tort, quand je vois ce que notre ardeur du surplace découvre ? Et nous irons chaque jour plus profondément, sans même nous soucier du feu central que nous rappelait si justement notre ami belge, Alonzo Diaz.

— Fernand Manneken.

— J'allais le dire. Eh oui, et je ne cite pas les autres mais vous êtes tous là, égaux et fraternels. J'ai besoin de vous serrer les mains. Tendez-les. Vous n'avez pas affaire à un ingrat. A vous l'honneur, Madame, et merci.

Il lui baisa le poignet car il avait une telle sincérité qu'en cette femme imposante et grasse il surprenait encore sa fluide et nerveuse Marie-Fidèle.

La mer s'était retirée. Sur les bancs de sable de la baie les oiseaux venaient en famille. Le soir serait magnifique.

Pour conjurer ses malheurs Mme Copernic, née Labandon, en avait mis les symboles dans la pièce principale de son appartement. Des photographies de casinos, de salles de jeu, alternaient sur les murs avec des reproductions de rues pavoisées pour le 14 Juillet, impressionnistes et fauves, de Van Gogh à Dufy, de Monet à Marquet, de Manet à Gromaire, d'autres encore, Manguin, Derain et Vlaminck, non moins saisis par la fièvre bleu-blanc-rouge, vifs, tremblants, las ou fanés, assommés par la fête. Tapis verts et bals à frites qui emportent vos hommes !

Dans la lumière du soir propice au délassement vague, les voix se balancent en roseaux sur le marais. Dans un angle du plafond clapotent sans bruit les reflets de la cuve de pub dont on a coupé le son.

— Vous êtes tous là, j'oublie le malheur, dit Lucie Copernic.

Ils mangeaient des blinis qui pour elle faisaient le mieux passer l'amertume de l'actualité. Elle avait donc toujours en réserve de la crème et des œufs de poisson.

— Les journaux disent que ce serait une Indonésienne d'après la couleur et le vêtement. Une sans-papiers, dit Fédor. Oui, j'étais à deux pas.

— Quand on a le nez dessus, on ne voit souvent rien, remarque Lucie, et puis maintenant il dort tellement de monde dans les rues. On passe, on ne peut pas les croire morts.

— C'est un coin paisible, dit Cécile Materne. Je connais la vitrine de la Mort-aux-Rats. Le ministre compte la classer dans les Monuments Historiques. Et un peu plus loin il a trouvé une peinture napoléonienne, de grande valeur.

— Au Café des Innocents, précisa Fédor. A côté, je donne des coups de main à Fred, un ami. C'est devant les laboratoires Fulgence qu'on a arrêté l'assassin.

— Comment peut-on revenir aussi vite sur le lieu de son crime ? demanda Cécile Materne.

— En tout cas, il est très fort, dit Marthe. Relis-moi l'article, maman. Non, passe-le-moi. Tu es tellement sensible.

Et tout en mastiquant elle le lut.

« Au lieu fatal dont il avait la garde le sergent de ville fut intrigué par un individu de bonne apparence qui allait et venait devant la silhouette à la craie dessinée sur le trottoir. Il en fut intrigué tout un jour, quand le lendemain devant un nouveau passage de l'individu il le pria de lui présenter ses papiers. L'autre n'eut pas l'air de comprendre et ne fit aucune difficulté pour aller au commissariat de police et c'est là que dans une tournée habituelle des chiens écrasés j'eus la chance de cueillir la première de ce fait divers et curieux.

L'INSPECTEUR

Vous l'avez fouillé ?

LE SERGENT

Il n'a rien sur lui.

160

Vous vous appelez comment?

Henri sans y.

Sansygrec?

HENRI

Henri sans y.

L'INSPECTEUR

Etrange? Votre français est pourtant excellent.
Domicile?

HENRI

Je ne sais pas.

L'INSPECTEUR

Profession?

HENRI

Je ne sais pas.

161

L'INSPECTEUR

Pourquoi souriez-vous?

HENRI

Je ne sais pas.

L'INSPECTEUR

Voulez-vous me suivre?

LE COMMISSAIRE

Monsieur Sansygrec, vous vous promenez comme ça? Vous croyez que l'on peut simuler longtemps l'absence de mémoire?

L'INSPECTEUR

Rasé, en pleine forme, bien vêtu, bonne haleine, les ongles impeccables...

LE COMMISSAIRE

On drague?... une femme paraît et voilà ce qu'il en reste.

HENRI

Je ne sais pas.

Regardez.

Henri Sansygrec prit la photographie du cadavre et parut chercher, les yeux au plafond. C'était comme un aveu, mais d'un silence angoissant. On l'assomma délicatement d'un coup d'annuaire téléphonique à la nuque dans l'espoir qu'il recouvrerait ses esprits, son adresse et sa spécialité dans le commerce du monde. Dès qu'il fut réveillé :

LE COMMISSAIRE

Ça va mieux ?

HENRI

Je ne sais pas.

On appela les urgences de l'Hôtel-Dieu. Aux dernières nouvelles Henri Sansygrec est toujours en observation. Personne ne l'a réclamé. »

— Attendons, dit Mme Copernic. Pauvre garçon, mais peut-être est-il plus heureux sans mémoire. Finissons cette vodka.

163

Elle ajouta d'un ton parallèle, comme si elle marchait soudain à son côté, main dans la main, dédoublée :

— Je vous vois triste comme des bonnets de nuit. Ne faites pas grise mine. A quelque chose malheur est bon. Quand le vin est tiré il faut le boire. Pourquoi s'en mordre les doigts ou se mettre en quatre ? Ce n'est pas la mer à boire. Il suffit de battre le fer quand il est chaud. A vue de nez, sans chercher midi à quatorze heures ni se faire des idées, en fin de compte rapport qualité-prix on en a pour son argent et l'on joint les deux bouts. Ne jetons pas le manche après la cognée. On n'a rien sans rien et l'on ne va pas crier misère si l'on ne prête qu'aux riches. Ce n'est pas le diable il faut se tenir à carreau et ne pas pisser dans le bénitier.

— Où avez-vous appris tout cela ? demanda Cécile Materne.

— A l'Ecole Universelle, c'était le premier cours de mémoire. Voulez-vous la suite ? Bien qu'il y ait belle lurette que je m'en bats l'œil.

— Non, dit la famille.

— Je reviens donc à ce pauvre mouton qui ne sait plus où donner de la tête. Enfin nous, nous savons que nous sommes ici et pourquoi.

Elle soupira et regarda sur le papier neutre des murs les salles de jeu et les vieux 14 Juillet qui avaient vu partir ses hommes.

— Vos pauvres pères que j'ai aimés comme une folle, je doute qu'ils connaissent même l'ombre de mon bonheur. Enfin comment va ta tante Olga, mon petit Fédor ?

— Elle ne veut plus le voir, dit Dalida.

— Les danseuses ont un parcours difficile, mes enfants. Leur saison n'a que trois odeurs : la sueur, la poudre de riz, le rance. Très rares, sont celles qui finissent par le cuir de Russie et le havane des voitures de maître.

— Une femme dont j'avais envie, pourtant, dit Fédor. J'ai bien failli passer à l'acte. Elle me faisait des avances. D'argent, bien sûr, et petites, mais elle m'a fait profiter de ses connaissances. On se demande qui elle n'a pas connu dans le monde des ouvreurs, je veux dire des concierges, gardiens, régisseurs et plantons. Je m'en étonnais un jour. Savez-vous ce qu'elle m'a dit ? « Cher innocent, le monde, vaste comédie, porte en sous-titre : la Famille Tuyau-de-Poêle. »

— C'est gênant pour la danse, dit Mme Copernic, mais il faut s'y faire.

— Nous sommes tous traversés de fumée, ajouta rêveusement Cécile Materne.

— L'important est d'avoir un bon tirage, dit Marthe.

Le ton général était aimable et posé.

— Mme Raminovitch, dit la mère, m'a fait connaître *Polyphile*. Je lui en sais gré.

— Pièce admirable, m'a-t-on dit, reprit Fédor, mais je n'en ai rien vu. Je tenais une lance devant le temple.

— Tu l'as même fait tomber, dit Dalida, je me demandais pourquoi?

— L'inanition, dit Mme Copernic. Mange, mon petit Fédor. Reprends de la crème et des œufs de poisson. Sans doute inconsciemment regrettais-tu de ne pas agir, de ne pas porter le fer avec les camarades dans cette outre de Polyphile.

— Je croyais que tu avais aimé Polyphile, lança Marthe.

— Exact, mais je suis retournée le voir.

— Quand?

— La semaine dernière. Je ne vous ai pas dit. Vous n'êtes plus jamais là.

— Avec qui ?

— Mme Raminovitch. J'aime rendre les invitations. Et ce soir-là, ni elle ni moi n'avons supporté Polyphile, son char, son âne, ses sourires, sa vanité, ses mensonges. Je l'aurais tué, moi aussi, avec l'indifférence que j'ai à vous en parler.

Chacun reprenait un blinis de la pile tiède sous une serviette chaude.

— C'est vrai qu'on en a par-dessus la tête, dit Dalida. Sans savoir exactement pourquoi.

— On n'explique pas le destin, reprit Mme Copernic.

— On le voit pourtant venir, dit Dalida.

Fédor la regarda dans les yeux et elle rougit en lui souriant. Maman Copernic sentit l'amour sous son toit. Elle allait lever son verre, mais il était vide.

— Mon petit Fédor, tu es chez toi ici. Veux-tu aller chercher une autre vodka dans la glacière et nous remonter de la cave le panier aux fromages ? La clé est sur la porte de l'escalier de service.

167

Les femmes restèrent seules. Le ton monta.

— C'est un garçon plein d'avenir, dit Maman Copernic, et il ne le sait pas. Moi-même, quand tu me l'as présenté, Dalida, je n'ai ressenti que le vide et la deuxième fois ce vide m'a aspirée. J'ai senti qu'il était digne de nous.

— Je l'ai vu tout de suite, répondit la belle.

— Parce qu'il ne s'est pas jeté sur toi comme mon harki.

— Je le trouve même un peu trop sérieux, dit Marthe. Je compte l'engager sur mon chantier de Bargetal.

— J'en ai déjà parlé à Bétourné, ajouta Cécile Materne.

— Je lui apprends l'arabe, dit Dalida.

— Tu as raison, mon enfant. Un jour prochain, le monde n'aura plus de murs. Il nous faudra tous vivre sous la tente, au désert, en nomades, d'un point d'eau à un autre.

— Et je ne vois plus que des femmes sous la tente, avec un homme par-ci par-là traînant son âne, ajouta Cécile Materne, et qui nous fera des filles.

Elles eurent un rire éclatant qui s'éteignit au claquement de la porte de service. Fédor posa les fromages au milieu de leurs sourires.

— J'ai vu un rat, dit-il.

— Dans ma cave?

— Oui, il avait l'air d'attendre.

— On ne paie donc pas assez d'impôts pour nettoyer les égouts? Quel monde!

— Chère Lucie, dit Cécile Materne, nous en avons aussi au Ministère. J'en ai même vu, de mes yeux vu, qui prenaient le soleil dans le jardin du Palais-Royal. C'est leur façon de se mettre au frais.

— Vous n'allez pas me dire que nous payons une taxe d'habitation pour les entretenir? Je suis effarée.

— Les rats... commença Fédor.

— Il ne s'agit pas de rats mais de taxes, mon petit. Vous allez voir quand vous allez grandir, elles vous dépasseront toujours d'une tête!

169

Elle se calma et prit la main de Fédor.

— Assieds-toi, mon petit. D'ailleurs je pense que tu ne grandiras plus. Tu as une belle taille, bien équilibrée, garde-la. Je ne voulais pas te faire peur.

— Je n'ai peur de rien, Madame.

Maman sortit les fromages de leur petite cage grillagée. L'air bougea quelque peu et les drapeaux dans les toiles du 14 Juillet frémissaient imperceptiblement. L'homme donne aux chefs-d'œuvre ses plus secrets mouvements.

— C'était quand même un beau jour, dit Lucie Copernic en pivotant pour regarder au mur frémir les bleus, les blancs, et les rouges, mais comme on souffre, après !

Les femmes se levèrent pour la serrer dans leurs bras avec l'envie de lui dire ma vieille, ma vieille. Elles se retenaient. Fédor constata une fois de plus qu'il vivait dans l'avenir. Il voyait sa belle-mère étouffée. De sa lame de couteau il frappa trois coups sur la bouteille de vodka, mate et embuée. Chacune reprit sa place pour tendre son verre de forme tubulaire à gros fond, sept centimètres de haut pour la partie creuse, un et demi pour la pleine, la contenance avec faux col de prudence étant de douze centilitres.

— J'ai acheté un peu de musique, dit la mère Copernic. Mettez-la-moi. En souvenir de mon 14 Juillet.

— Un bal musette ? demanda Materne.

— Non, celle qui monte les marches du ciel, le *Requiem* avec cet Autrichien sur la pochette. Il n'y a pas que du mauvais chez eux. Le disque est là.

— Je sais, dit Cécile Materne en prenant Mozart sur la corbeille à ouvrage. Les plus belles marches, les plus larges.

— Surtout vers le milieu, dit Maman Copernic. Elles montent toutes seules.

Marthe prit Cécile par la main et l'entraîna vers la chambre du haut. Dalida tira Fédor par la manche vers la sortie.

— Il faudrait peut-être faire la vaisselle, dit-il.

— Laisse, ça l'occupera.

Ils filèrent vers le jardin du Luxembourg où ne roulent plus à cette heure les boules et les voitures d'enfants.

Mme Copernic dormait les yeux ouverts. Les cordes, les cuivres et les chœurs s'étaient au ciel évanouis. Les drapeaux pendaient sur les rues désertes.

A la veille d'un complot ses membres renforcent leur audace par le rappel des heures délicieuses de leur vie. Une sorte de pare-feu sépare le bois brûlé de celui qui reste encore vert et qui va s'embraser plus sauvagement. Par habitude et parce qu'ils avaient pris le vieil Hans pour totem les amis tenaient leur dernier conseil à l'étage du Café des Innocents. Ils savaient le lieu, le jour et l'heure. On pouvait un instant se laisser aller.

— Ce que j'ai vu de plus beau, dit Dalida, c'est le lancier devant le temple, dans le drame de *Polyphile*.

Elle parlait comme si Fédor n'avait pas en ce moment même sa main dans la sienne.

— Je remarquai le tremblement involontaire de son genou droit, entre la jambière de cuir sombre et la tunique blanche à plis. Les danseuses connaissent de ces vaguelettes avant de lever la jambe, et je sentais que cet adolescent, au premier appel, irait à la guerre en dansant.

— Ce tremblement que j'ai toujours, dit Fédor, me rappelle le plus vif moment de ma vie, la victoire de Paris sur Marseille dans la huitième demi-finale de balle au pied. Parmi les petits boulots que j'ai exercés je ne vous ai pas encore parlé de celui qui me tient le plus à cœur. On m'avait recruté comme supporter et je l'eusse été pour rien car les quinze francs que l'on me donnait par jour, plus un sandwich et la boisson, n'étaient vraiment pas grand-chose devant les dizaines de millions touchés par le plus pâle des joueurs. Il me semble même que gratuit mon élan eût été plus fort vers les milliardaires, mais enfin j'étais là pour subsister. C'est après la mi-temps, quand Brasilero dribblant Salamalec, après un petit pont sous Camerone, doubla Bangui et trompa dans l'angle supérieur droit de sa cage l'admirable félin qu'est toujours

174

Amakoko. Je n'entendis pas la clameur, j'en étais. Je ne sentis pas la vague s'élever, s'abattre, m'emporter avec les grilles de protection, j'étais le déferlement. Le ciel se brise. Flotte une épave. On m'emporta. Mon genou brûlait. J'avais eu de la chance.

— Et tu as remercié Dieu, dit Thibaud Templier sans malice. A chaque fois qu'il permet qu'on se casse la jambe, on lui rend grâces de nous avoir laissé l'autre. Cela me rappelle mon plus beau jour, dans le garage du père. J'essayais toutes les voitures, le seul moyen de les connaître, de me préparer à la succession de l'entreprise. Je n'avais qu'une 200 chevaux, ce jour-là, et je partais en week-end. J'arrive en trombe à la patte-d'oie des Fleurs, je passe et j'entends derrière moi un carambolage monstre. Grâce à Dieu, il n'y eut que trois morts et quarante-sept blessés. Je l'appris par la presse du dimanche qui, elle aussi, remerciait le Très-Haut. Il faisait beau. La mer me tentait. J'y entrai et fis la planche, longuement. Le silence. Un ciel colossal, inoubliable. En rentrant à mon quatre étoiles, je tombe sur un Libanais qui regardait ma voiture. Il la veut à tout prix. Je lui dis de l'essayer. Il me sort le fric. Il met les gaz. On ne l'a jamais revu.

A son habitude le vieil Hans apparut dans l'escalier avec un plateau où dans cinq verres scintillait l'alcool de framboise.

— Excusez-moi, dit-il, mais je tiens à fêter avec vous l'arrestation de l'assassin. Vous êtes au courant ? Un nommé Sanzygrec. Encore un étranger. Je me demande où il faut aller vivre.

Ils firent cul sec pour éloigner au plus vite le vieil Hans que cependant ils appréciaient. Fredéric Asteur prit la parole.

— Mon plus cher souvenir, j'avais sept ans. Ma mère rentrait de la Poste avec un poisson rouge dans une poche en cellophane pleine d'eau. Elle la suspendit au bas du lustre à l'aplomb de la table où mon père en l'attendant mangeait du fromage à la pointe de son couteau. Il ne parlait jamais, il criait. Je pleurais. Il criait plus fort. Ma mère passait sa robe de chambre et allumait le réchaud. Elle paraissait n'entendre rien. Elle s'adressait à moi : « J'ai timbré un colis pour la Norvège, quarante-deux pour l'Afrique. Tous les timbres à l'effigie du nouvel avion se sont envolés dès l'ouverture. Tu verras, c'est un beau métier. On n'arrête pas de voyager. » Mon père s'est levé, a pris la porte et l'a reclaquée si fort que le poisson rouge est tombé. Je le vois encore sauter sur la toile cirée. Ma mère aussi avait envie de sortir, et moi avec. On a toujours été heureux, après.

— Certaines gens, remarqua Thibaud Templier, n'ont d'intérêt qu'à disparaître.

C'était une façon de revenir à leur sujet central et ils reprirent un à un les détails de leur plan, sans oublier les marges d'incertitude avec lesquelles il faut toujours compter et que l'on doit, sans les connaître, aménager. Les grandes batailles de l'Histoire se remportent par des fresquistes qui sont en même temps des enlumineurs de têtes d'épingle.

— Le vieil Hans vient de nous rappeler sans le savoir l'atout qui nous fera gagner la partie.

— Henri Sanzygrec, dirent d'une seule voix les trois autres.

— Nous n'avons plus qu'à nous occuper de lui.

— Je vais lui rendre visite à l'Hôtel-Dieu, dit Dalida.

Et elle répéta la scène pour ses camarades.

— Le quartier des amnésiques, s'il vous plaît?

— Nous n'en avons pas, Mademoiselle.

— Je suis bien à l'accueil?

— Pourquoi des larmes tout à coup? Vous êtes amnésique? Evidemment, ce n'est pas une question simple, si vous l'êtes, mais je ne peux pas faire attendre la queue de ceux qui vous suivent et qui ont de la mémoire. Entendez-les. Ils commencent à grogner, et on les comprend. Nous avons des files interminables du matin au matin en passant par les soirs et les nuits. Refaites la queue, peut-être que ça vous reviendra. Vous n'allez pas lire le journal? Ce n'est pas la peine de me le donner. Je ne lis que les rapports de mon syndicat auxquels je ne comprends rien, d'ailleurs. C'est toujours le contraire de ce que l'on entend dans les réunions.

— Voyez la photo de cet homme, Madame.

— Je la connais. Elle est punaisée avec beaucoup d'autres dans le vestibule.

— Je le connais.

— Il fallait le dire tout de suite. J'appelle le service compétent.

— Abrège, dit Thibaud Templier. Ou notre Henri est là et tu t'arranges avec l'infirmière pour faire quelques pas avec lui, elle sera trop contente, et je vous attends, Sanzygrec et toi, à la sortie. Ou il n'est plus là et je te dépose à l'asile où l'on l'a transféré. Même jeu, mais faisons vite.

— Et si le cher Henri a retrouvé ses esprits ? demanda Fédor. Si nous ne mettons pas la main dessus ? S'il est sous les verrous ?

Dans le doute, penchés sur la table qu'ils caressaient d'un index hésitant ils avaient la gravité d'un Haut Commandement suivant la ligne sinueuse du front sur la carte d'état-major.

— Nous savons qu'il n'est pas l'assassin de l'Indonésienne, seule la maladresse de cette femme est responsable, dit Frédéric Asteur, mais ce serait dommage qu'il ne puisse pas une nouvelle fois ne pas l'être et nous resservir. Sur quelque lieu tragique qu'il se promène désormais, c'est le suspect idéal.

— Nous le savons, dit Thibaud Templier, peut-être faudra-t-il s'en passer, mais que risquons-nous ? La malchance tombera sur un autre malchanceux. Avons-nous besoin de le connaître ?

— Je vais quand même faire pour le mieux, dit Dalida.

— Nous comptons sur toi, dit Thibaud. Je le logerai au-dessus du garage. Il ne manquera de rien. Cet Henri sans y m'est sympathique. Hélas. Hélas il ne s'en rendra pas compte.

— Qu'est la vie sans mémoire ? soupira Fred Asteur.

A la fenêtre la nuit venait, caressante. De l'une des solives l'ampoule qui pendait dans sa robe de porcelaine crépita soudain et mourut. Ils aidèrent le vieil Hans à monter sur son escabeau pour la remplacer.

— Je suis fatigué, dit-il.
— Vous êtes en pleine forme ! lança Thibaud.

— On a l'air comme ça, mais il ne faut pas s'y fier : on oublie. D'abord le nom des autres et puis le sien, on oublie de vivre, tout à coup. L'autre nuit je n'avais pas reclaqué mes volets, je descends et je vois Fulgence sur son trottoir. Il prenait le frais sans doute, après toutes ses vapeurs et ses cornues, et je le vois qui vacille. Je me précipite. Il rouvre les yeux dans mes bras. Un malaise, mais ce n'était pas le bon. Je lui dis en voisin : « Vous devriez être couché à cette heure-ci », il me répond : « Je ne peux plus dormir que debout. J'ai peur de m'allonger ». Je lui ai proposé une framboise, c'est le meilleur contre les soucis et il est reparti comme en 14. Nous avons parlé jusqu'au passage des boueux, ces grands Noirs encore plus noirs quand le jour se lève.

— Qu'est-ce que vous racontez ? demanda Fédor.

— Moi rien, mais il me parlait de théâtre. Il venait de voir un drame à l'Observatoire : *Polyphile.* Il était tout retourné. Il ne comprend pas que l'on tue les gens à coups de poignard quand il y a des moyens si doux pour s'en débarrasser. C'est un homme sensible, discret, comme tous les savants. Allons, ne tardez pas trop. J'ai déjà mis les contrevents.

Ils le regardèrent descendre l'escalier avec l'escabeau. C'était curieux ces marches qui se croisaient.

— Il a failli nous mettre en retard, dit Thibaud.

— Nous avons le temps, dit Dalida.

— Tu es sûre de la date et de l'itinéraire ?

— Cécile Materne est la meilleure des sources et ma sœur sa naïade.

Et Dalida subitement dénoua sa chevelure et se mit à danser au milieu de la salle. La courte robe noire que relevait l'anse des bras restait immobile sur les entrechats. Fédor, Fred et Thibaud en étaient bouche bée. Jamais l'étage des Innocents n'avait connu pareille grâce et ils ne voyaient pas à l'Hôtel de la Feuille de Rose les couples en déshabillé qui s'étaient mis aux fenêtres à tous les étages pour ne rien perdre de ce qui allait rester la plus belle image de leurs amours, tant ce qu'ils étaient venus faire dans ces chambres leur paraissait incomplet.

Dalida salua ses amis avec la révérence que lui avait apprise Mme Raminovitch. Fédor baisa la main de la très radieuse, puis ils décidèrent d'aller dormir car tous les commandos vous le diront, le vide d'un profond sommeil avant l'assaut reste le meilleur tremplin. Ils descendirent payer leur note au vieil Hans qui promenait une loupe sur un carnet d'aquarelles. Derrière le comptoir le Marie-Louise manquait au décor et déséquilibrait la scène. On ressentait un malaise.

— Difficile de vivre sans lui, dit Fédor.

— Il reviendra, dit le vieil Hans, et plus beau qu'avant. Même ce que l'on croit disparu revient. Regardez l'autre soir encore. Mon voisin Fulgence était de nouveau sur le trottoir, à songer à quoi ? Je lui trouvai une grande tristesse, les deux pouces sortant des poches de sa blouse blanche. Je l'aborde et lui demande la raison de cet air chagrin. « Des ennuis, Monsieur Fulgence ? — L'ennui simplement. — Faites comme tout le monde, allez au cinéma. » Il me faisait tellement pitié que je l'entraînai à la dernière séance du Super X à deux pas de sa Mort-aux-Rats, une salle qui me tentait depuis toujours, mais je n'osais pas.

— On y va de temps en temps tous les quatre, dit Dalida, mais c'est toujours la même chose. Sur l'écran ils ont l'air d'être aux travaux forcés.

— Vous trouvez? s'étonna le vieil Hans. J'ai vu au contraire, et M. Fulgence vous dira la même chose, que ce que l'on croit perdu soudain réapparaît en splendeur. C'est ce que je voulais dire à M. Fédor, à propos de mon Marie-Louise.

— Mais qu'avez-vous vu? demanda Fred Asteur. Quel film?

— *La Pharaonne*. En deux parties. Noir et blanc, couleur ensuite. Au son lancinant d'un tam-tam une vieillarde et le croulant qui la suivait marchaient dans le désert le long d'un éboulis de ruines informes d'où se levaient désespérées deux colonnes. Non loin une porte vide, un charognard sur le linteau. Le couple n'en peut plus et s'assied sur le sable. De son boubou en loques l'homme sort des osselets. Sa compagne édentée accepte de jouer la partie, mais les os de mouton leur échappent, ils n'ont plus la force de les faire sauter, de les rattraper et les chocs sur leurs mains squelettiques font naître une série de sons clairs qui peu à peu s'organisent en battements syncopés, sans doute à l'origine du jazz. Un peu de rose innerve alors le sable et lui donne l'ocre libyen. Le ciel perd le blanc naturel de la toile d'écran, linceul de tant d'ombres, et les bleus l'envahissent. Le couple d'os et de crasse tâte d'une main soudain souple le muret près duquel il s'était accroupi. Il caresse les reliefs de faïence turquoise et pourpre qui s'entrelacent au bas de la muraille qui s'élève. Le soleil double d'ombre violette les marches d'un palais gardé par des singes et des taureaux de marbre. La lyre et la flûte accompagnent les jets d'eau dans les cours traversées d'oiseaux. Des palmes se mirent dans les bassins. Nos séniles dont les oripeaux s'évanouissent passent la porte de cèdre, franchissent le seuil de salles dont la grandeur les exalte. Leurs dernières cordes tombent. L'homme et la femme ont la marche des dieux. Ils regardent passer dans les miroirs de cuivre leurs jambes dont l'huile fait ressortir les muscles. Dans la splendeur géométrique du bâtiment tanguent les spirales de la myrrhe brûlée dans l'or des cassolettes.

— Vous n'allez tout de même pas nous dire, Monsieur Hans, que la salle du Super X fleure l'encens? dit Thibaud.

185

— Je vous assure. Allez voir *la Pharaonne*.

— Laissez-le parler, dit Fédor. J'ai tenu une lance dans *Polyphile*. Je gardais mollement le temple. J'ai compris. Et votre couple ébloui a fait l'amour.

— Dans les trente-deux salles, dit le vieil Hans. Le palais détruit par les siècles ne pouvait s'imaginer retrouver une telle vie, une telle fougue. La foule entrait par toutes les portes, les bras chargés de fleurs et de corbeilles de figues pour la Pharaonne. La vie joue au cerceau. Regardez ce soir.

— Nous devons partir, dit Thibaud Templier, et nous savons que vous vous couchez tôt.

Il avait entraîné ses camarades vers la sortie et tournait déjà la poignée quand la voix du vieil Hans les retint.

— Votre gentillesse me touche. J'ai toujours su que vous étiez aimables. La gentillesse se perd, mais quand on la rencontre, on a envie de lui ouvrir son cœur, de lui dire ses secrets. Regardez ce carnet d'aquarelles. Mes pauvres yeux ont besoin d'une loupe pour n'en

186

rien perdre. Asseyez-vous. C'est une histoire merveilleuse. Ne la rapportez qu'à ceux que vous aimez. J'aurais pu la dire l'autre nuit à des visiteurs qui s'y fussent doublement intéressés, mais je n'ai pas confiance en eux. Ils sont entrés ici incognito sous de grands chapeaux et des lunettes noires. Le Président Monchat et le ministre Bétourné croyaient que je ne les avais pas reconnus.

— Quoi ? dit Dalida

— Le monde est un village, ma très belle. Tout finit par se savoir, et chacun de rencontrer l'autre. Vous êtes les enfants que je n'ai pas eus. Asseyez-vous. J'aurais aimé leur offrir la première framboise, le premier minuit, la première escapade par le jardin en laissant la clé pour le retour, mais j'étais sous l'uniforme que je ne désirais pas. Comme j'avais remporté la coupe de la traversée du Rhin à la nage, aller et retour, je fus versé dans la *Kriegsmarine* quand tous les miens allaient rouler dans les panzers. Je connus Kehl et Kiel, Narvik, la Crète et Guernesey pour finir la guerre sur la terrasse de Bargetal comme vigile de la mer. C'est là que j'ai connu Werner Liebenslied. Ses yeux étaient si pâles que l'on se serait cru à la naissance du monde.

— Ma sœur connaît Bargetal, dit Dalida. Elle est spéléologue et n'arrête pas d'en parler.

— Mais qu'en dit-on ?

Il posa devant les amis sa loupe, le carnet d'aquarelles et le journal qu'il tenait sous le bras.

— On en parle pour n'en rien dire. Excusez-moi pour votre sœur, mais toute sa corporation nous envoie des « C'est indescriptible, tellement beau ». Un Suisse du nom de Fendant a même employé le mot foudroyant. Les Suisses parfois m'indisposent. Et ceux qui veulent voir se cassent le nez sur la porte qu'ils ont vissée au fond du jardin de la Terrasse. Pour la première fois un reporter n'a pu prendre un cliché. Eh bien, les bisons, les rennes, les chasseurs à l'épieu, les femmes simplement vêtues de leur chevelure et de la même couleur que l'aurochs, les voici dans leur dessin original.

Il se mit à feuilleter devant eux le carnet d'aquarelles.

— Werner Liebenslied passa trois ans à Bargetal. Il était chargé de la cave. Un matin qu'il y descend, un souffle issu de la paroi le caresse. Il s'étonne. Une pierre cède sous sa main. Le mur s'éboule et Werner découvre une grotte en forme de pieuvre. On oublie trop souvent que par bonheur l'armée allemande n'a pas que des vaillants. Elle connaît aussi ses rêveurs, ses tire-au-flanc, ses protégés. Pour occuper ses loisirs hors du temps de garde Werner descendait dans les excavations dont il était l'inventeur et l'idée lui vint de les orner, se découvrant un maître de l'art pariétal. A la débâcle un obus referma le sanctuaire et la voiture que nous avions réquisitionnée pour fuir sauta sur une mine. Nous nous retrouvâmes dans une haie. Il avait les jambes arrachées. Moi, je n'étais que scalpé. Le cher Liebenslied eut le temps de me confier le carnet qui était sa vie et de murmurer : « Plus que le Reich je connaîtrai les millénaires. »

— Mais ce n'est pas vrai que tout soit faux ! s'écria Dalida.

— Pas plus que *la Pharaonne* et *Polyphile*, dit le vieil Hans.

— Vous avez vu *Polyphile* ? demanda Fred.

189

— Non, j'ai lu les critiques. Elles disent que c'est lamentable, je ne comprends pas d'ailleurs que l'on perde son temps à poignarder les beaux parleurs. Il en reviendra toujours, et de plus m'as-tu-vu. Enfin, il faut bien que les mouches changent d'âne.

Tout, le vieil Hans et la ville qui ronflait quand ils sortirent du Café des Innocents, tout fortifiait leur projet, qui n'était pas de changer le monde, assez plaisant avec ces étoiles qui ne s'inquiètent guère de leur reflet dans la Seine, mais de voir. Quoi ? Justement, on verra bien.

D'un grand âge Justin Blase, archiviste d'Emberge, à la retraite, est une personne bien conservée, de taille qu'il rehausse par de hauts talons, le nez avantageux sous une tente de crins blancs à longue pente. Vif et l'œil de côté, il paraît être à la fois son chien et son domestique. L'esprit philosophe, que de fois n'a-t-il pas tenté d'échapper à la malchance, mais une succession d'oncles bons à rien, doués pour se faire entretenir, a beaucoup pesé sur sa façon d'être. Après une courte et sombre ardeur de jeunesse à vouloir jouer un rôle dans le monde, l'atavisme lui a vite fait comprendre qu'il est un plus sûr moyen d'être heureux : ne pas faire de vagues, surtout quand on sait que le port est le même pour tout marin, à voile ou vapeur. « Enfin, Justin, par exemple, si tu avais pris des coups de bâton pendant deux mille ans, quelle éducation ! n'aurais-tu pas tendance à marcher le dos courbé ? Tu ne peux pas remonter aussi loin, mais tu ressembles à tous les ancêtres que tu as dénichés dans les archives qui sont ton lot, ton air, tes jours et tes nuits, des gens qui prennent le temps comme il vient. »

C'est la fin du jour. Justin Blase saisit sa canne, sa pipe, sa paire de jumelles, sa flasque d'eau-de-vie, quitte son pavillon dont le nom en lettres de faïence dit la grandeur et la soumission de l'hôte : « Sainte-Hélène ». Il gravit le rempart et s'assied face à la plaine, brodée de jardins maraîchers. Il ne manque jamais, quand elle s'offre, la mort du soleil et tout son foisonnement d'étendards. Des oiseaux poussent des cris d'orphelins dans les ormes de la promenade. Quelques feux d'herbes s'évanouissent dans l'étendue. Le monde fraîchit. Il est temps de rentrer, de saluer Fakir le perroquet dans la niche du corridor, de monter l'escalier vers la chambre et le lit de cotonnade jaune devant l'armoire à glace. Il se regarde se déshabiller avec lenteur en révisant certaines répliques du drame qu'il est allé voir au Théâtre de l'Observatoire, à sa dernière escapade dans la capitale. Pouvais-je soupçonner qu'un Lucas Senois aurait un jour son nom sur une affiche ? Sa sœur Blanche, toujours en capeline et gants ajourés. Elle m'émouvait parfois. Sa maison ne manquait pas de grandeur ni de charme, mais Blanche épouser un Deloiselle, comment peut-on ? Justin Blase secoue la tête :

— Qu'avais-je à me dresser en plein théâtre pour apostropher cet imbécile qui aurait pu être mon beau-frère ?

— Pourquoi bouger, Justin ? Calme-toi.

Et le démon familier l'observe, attend et de nouveau l'interpelle.

— Excusez-moi, cher, d'interrompre le cours de vos pensées si toutefois vous n'êtes pas dans une absence mentale bienheureuse. Voici ma question : Où aimeriez-vous vivre ?

— Je donnerais la moitié de ce qu'il me reste de jours pour être au fond d'un jardin bordé d'une forte haie d'aubépines, à distance raisonnable du plus proche voisin. Disons cinq minutes à pied. J'ai quelques livres.

— Rien d'autre ? Pas de bahut Renaissance ? Pas de console Louis XV ?

— Non.

— Où mettez-vous donc vos bibelots?

— Quels?

— Je ne sais pas : boîtes, coupes, statuettes?

— Aucun nid à poussière.

— A vos murs nul portrait?

— Le mien à six mois, sur une peau d'ours. Vous ne pouvez pas vous figurer combien j'étais beau.

— Je n'en doute pas.

— Vous avez tort car je ne sais pas qui est cet enfant. Il traînait dans les débris d'une vente aux enchères. Personne ne voulait de cet inconnu. Je l'ai adopté.

— C'est donc un faux?

— Allez prouver que ce n'est pas moi. Faites analyser le grain du papier. Il a mon âge. C'était un après-midi de plantes vertes sous une verrière à velum, mon premier choc artistique. Mes yeux sont immenses.

— Vous vivez donc avec lui? C'est votre seul compagnon?

— Avec Fakir mon perroquet, toujours neuf, l'air d'avoir été fait à l'instant. Un être exquis, toujours de mon avis.

— Il parle?

— Il parlait.

— Pardon, je suis désolé.

— Pourquoi? Il n'a répété qu'une phrase au long de sa vie : « Je n'ai rien contre, je n'ai rien contre. » Je lui exposais après mûre réflexion la solution que j'envisageais pour mes problèmes, souvent linguistiques, et il me réconfortait par un : « je n'ai rien contre ». Ce furent ses derniers mots. A notre tour, puissions-nous en dire autant. Pouvais-je mieux lui rendre grâces qu'en le faisant empailler?

Justin Blase se tut et se demanda si l'on peut se mentir à soi-même. Je vous assure que oui.

— A demain, bonne nuit.

Justin Blase s'allongea dans les draps qui faisaient toujours des plis. Il lui fallait se retourner plusieurs fois avant de ne plus sentir une gêne et de se retrouver sur le banc des remparts, sa paire de jumelles mise au point sur l'étendue. L'idée que les siens depuis toujours sont là dans cette terre l'attendrit. Pour les moins obscurs ils ont copié, reproduit, classé, rangé, déplacé, repris, déchiffré, annoté des feuilles sans nombre au hasard de ce qu'ont laissé les révolutions de tous genres et parfois, en certains lieux, il ne reste quasiment rien, comme dans cette Emberge où les terrasses des cafés, en cette heure exquise, regorgent de buveurs monosyllabiques. Ah, discrète ville dont l'écusson s'honore de deux mains coupées au poignet, serrées à l'amicale jusqu'à la mort et dont le sang s'égoutte. Des vingt-huit clochers de ta grande époque ne subsistaient que des pans lorsque Justin vint dans tes murs. Détaché du chef-lieu qui avait été rasé à la dernière guerre et dont les archives avaient brûlé, il fut nommé par reconnaissance envers ses ancêtres à la seule sous-préfecture où dans un souterrain l'on pouvait encore trouver des papiers anciens à épousseter, et singulièrement « le Miroir d'Emberge », en bas latin, à petits caractères gothiques encore jamais traduits. C'est une liasse en parchemin au dos noué par une ficelle en boyau de porc. Rien de tout cela n'attire le profane. Nulle miniature dans cette œuvre du treizième siècle, mais ici et là, tout au long de cette Vie de la mère de saint

Antoine, des lettres capitales enluminées apparaissent au début des chapitres et parfois en leur milieu, comme au hasard. Dans la noirceur fragile de l'ensemble leurs couleurs ont une consistance d'émail. M. Blase ne vit pas tout de suite que ces lettrines rapprochées et réunies, lues à l'envers, forment un poème qui contredit le sage déroulement de la vie d'une mère et les exemples de vertu et de bon maintien. Ces lettres en effet forment un long poème priapique à la gloire du père d'Antoine qu'aucun écrit licencieux n'a depuis égalé. Justin Blase évidemment fut tenté de claironner la découverte qui maintenant lui crevait l'œil mais qu'allait-elle lui apporter? Il voyait déjà la capitale se saisir du manuscrit d'Emberge, ne plus le rendre et glisser l'inventeur sous trois étoiles, passez muscade, au rayon des *Curiosa*.

La sagesse est parfois de la plus grande rouerie. M. Blase garda pour lui le secret qui le faisait parfois rougir de bonheur. Peu de trésors sont aussi éclatants que ces cachotteries solitaires. Sans doute pourrait-on expliquer par là bien des vies dont le terne nous sidère. Justin Blase essayait maintenant de surprendre au

197

fond de la plaine le rayon vert qui tire son trait à la fin des visites particulièrement chaleureuses du soleil, mais il fut distrait par un envol de poules d'eau sur un lointain marais et par de brefs nuages qui venaient de fusils dont il n'entendait pas les tirs. Qui se permettait de chasser à cette heure, et hors du calendrier ? Il s'était remis à parler à voix haute. « Des hommes ? Non, des bêtes mal éduquées, à peine sorties de la vase, à peine tombées de l'arbre. » Il eut une sueur froide. Cela lui arrivait fréquemment, depuis sa retraite. Il avait eu pourtant de vraies heures d'épouvante dans les bombardements de la guerre, mais sans en vouloir à quiconque. C'était un peu comme la pluie. On se met sous un porche. On passe entre les dernières gouttes. Il avait quand même vu brûler la moitié d'Emberge et il se rappelait parfaitement le décompte qu'il faisait des explosions et des soulèvements du sol des caves où il s'était abrité dès la sirène d'alerte. « Tu n'as jamais eu peur, Justin ! »

Le soir avait des reflets de soie, tout un déballage transparent de longs voiles qui s'empilaient, foulards dans un tiroir en palissandre, et M. Blase se revit dans des chambres de femmes, avec sa mère, ses tantes, ses sœurs, des cousines, quelques amoureuses plus tard et bon nombre de paillasses. Les hommes disparurent de la surface de la terre. Un instant, il respira sans difficulté. Puis il eut un petit creux. Un train déchirait le lointain et sur la gauche, au bord du tableau qu'il aimait au point de rester longtemps sans bouger la tête, des péniches avançaient de plus en plus noires sur la rivière au luisant de laitance. Justin Blase éprouva – il avait plutôt des sensations que des pensées et ses idées n'avaient de valeur qu'en lui faisant mal – une douleur dans la poitrine et sa tête chavira. Peu d'êtres lui avaient tenu la main dans l'un de ces vertiges. Il poussa un cri dérisoire, une sorte d'aboi enroué. « Vieux con », lança une voix. M. Blase se retourna. Il n'y avait personne à côté de lui. Assez loin, sur un autre banc de la promenade, un jeune couple se tenait enlacé, endormi par le bonheur. Une nouvelle fois le cœur de M. Blase se serra. L'injure venait de lui-même. « Bien », conclut-il, et il se leva. Après tout, s'il n'a personne pour l'accueillir, parents, amis, parti ou religion, il peut se trouver à l'aise dans une demi-douzaine de cafés et brasseries de la ville, choisir une assiette et un verre, rentrer de bonne humeur chez lui à Sainte-Hélène. Cette petite maison s'adosse au mur de l'ancienne poste aux chevaux dont la cour est aujourd'hui un parc à voitures avec un curieux arbre en son milieu, un sycomore qui a survécu aux tragédies et que la municipalité signale dans son dépliant de tourisme. La notice est d'ailleurs de Justin Blase. « A ne pas manquer : cet arbre cerclé de fer et aux nombreuses cicatrices de ciment, le plus vieux de son espèce sur la terre de France. La tradition veut que Jeanne d'Arc y attacha son cheval et que Danton y fut surpris avec une servante. » La mairie où l'archiviste a son bureau est au-delà des ruines, cloîtres et chapelles, entourées de grilles où l'on entretient des glycines, et voici des rues de boutiques et l'avenue de clapiers en béton qui porte, toute honte bue, le nom de l'architecte Sagouin. Là s'élevaient des maisons de bois sculpté, toute une flottille encore à l'ancre dans sa mémoire. La guerre ! Et il songe au très beau bébé que fut Hitler. La marmaille gueulait dans les clapiers.

— Monsieur, dit une voix, vous n'avez rien contre la jeunesse ?

Il se retourna et vit une jeune fille en corsage à col marin et chaussettes roulées.

— Non, dit-il.

Elle tira de sa ceinture calepin et crayon
dont elle mouilla machinalement la mine. Ce
devait être une longue habitude. Ses lèvres
marquées de traits noirs la vieillissaient. Elle
pouvait avoir dix-sept ans.

— J'enquête sur notre avenir.

— Je ne me soucie déjà pas du mien, dit
M. Blase d'un ton claironnant.

— Le vôtre n'est pas en question, si vous le
permettez.

— Je suis vieux, en effet.

— Mais notre comité nous demande précisément de nous adresser à des personnes qui
ont vécu. C'est pourquoi je me suis permis de
m'adresser à vous.

— J'ai plutôt été vécu, dit Blase, et je
crains qu'il en soit de plus en plus ainsi, même
pour vous, hélas.

— Autrement dit, nous ne pouvons rien ?
Ce n'est pas mon avis, mais enfin je note. Je
n'ai pas à dicter vos réponses.

201

— C'est bien ce que je dis, ajouta-t-il en durcissant la voix. Je suis venu ici goûter la fin du jour et je m'apprête à croquer les frites de la Casserole d'Argent, les seules craquantes dans Emberge. Je suis heureux, le ciel était particulièrement théâtral, ce soir. Même les idées noires qui me sont passées par la tête étaient savoureuses. Ma canne ne m'est d'aucun secours, sinon de badine compagnie. J'entends une voix délicieuse. Je me retourne et vous m'assenez l'avenir. Qu'y fais-je ? Pardonnez ma légère exaltation.

— Volontiers. C'est très aimable de me répondre. Je vous trouve positif, ne vous en déplaise. Si vous saviez ce que j'entends à l'ordinaire ! Ils veulent tous refaire le monde avec des méthodes qui me font peur. Par exemple...

— Ah, non, mademoiselle, épargnez-moi. Le monde est très bien comme il est. Et ce soir en particulier. Aimez-vous les frites ?

— Je ne suis pas là pour cela. Vous ne m'avez pas comprise.

— A votre place, je sauterais sur l'occasion.

— Mais je travaille, monsieur.

— Vous avez bien le temps. Je suis désolé.

L'archiviste entama la descente et à mi-chemin des marches il se retourna. La jeune fille était restée là-haut et le regardait. Justin Blase lui lança :

— Voulez-vous me rassurer? Est-ce vous qui m'avez appelé il y a un moment et traité de « vieux con »?

— Ce n'est pas mon style, Monsieur, et je viens d'arriver.

— Alors, c'était bien moi.

Il descendit avec inquiétude quelques marches et de nouveau se retourna :

— Vous connaissez Emberge?

— Non. Je suis venue pour la visite du Président. Il arrive demain.

— Vous êtes de son bord?

— Il n'y a pas de bord, Monsieur.

— Vous faites partie du Comité de soutien qui est contre lui?

— Nous prenons la température de ses déplacements.

— Est-ce que les images des bains de foule ne suffisent pas?

— Vous regardez la télévision?

— Les publicités sont distrayantes, dit M. Blase, si je vois mal ce qu'elles vantent mais les actualités certains jours, quelles farces amères! Je retrouve, vêtus d'autres habits, des malheurs que j'ai connus dans les anciens récits. Je suis archiviste.

— En quoi ça consiste?

— A se rassurer.

— On dirait que vous avez peur? Avez-vous des remèdes que je consignerais?

— Je ne crains rien, Mademoiselle, et je vous conseille pour l'instant ce qui m'a si souvent aidé, la bière blanche et les frites. N'écrivez pas! Il faudrait plus que votre calepin pour ne pas vexer tant d'autres formes de réconfort. Voulez-vous connaître ma Casserole d'Argent?

— Soyez clair, car tout l'est chez moi, dit-elle. Vous me prenez pour une bonne femme? Vous voulez m'humilier?

— Quelle idée? Je n'ai plus l'âge de voir les dames m'encanailler, dit Blase, et même petit je n'ai jamais joué à la poupée. Mais qu'ai-je à raconter ma vie? Vous pourriez avoir plus d'égards, Mademoiselle. Savez-vous si je ne les mérite pas? Bonsoir.

Elle était toujours perchée vingt marches plus haut, le visage inquiet, candide sous les cheveux tirés. Justin Blase eut honte tout à coup.

— Excusez-moi, dit-il en espaçant ses mots. Je ne parle à personne. Ceux que je connaissais ne sont plus. Quelquefois je vais prendre le rapide pour Paris et, sur le chemin, des inconnus me dépassent, l'air hagard, se retournent pour me demander l'heure, perdant encore ainsi quelques secondes. Il me plaît cruellement de prendre alors mon temps pour sortir ma montre et les renseigner. C'est à peu près tout ce que j'ai comme entretien. Comment voulez-vous que j'aide votre Comité ?

— Plus que vous ne croyez, Monsieur. Ne serait-ce que connaître votre ville, ses points de vue. A vrai dire je vous ai suivi. Nous nous partageons le travail. J'ai pour spécialité le troisième âge, celui qui intéresse le moins notre rédacteur en chef, mais qui moi me passionne. Sans doute parce que je suis orpheline et que le monde vieillit, l'âge nous submerge. Je dois aussi mériter la bourse que l'on m'a donnée à l'Université des Sciences Sociales et que l'occasion s'est présentée de l'arrondir avec les suppléments de l'Institut de Sondage. En plus, cela me fait voir du pays. Je m'occupe des villes où se rend le Président. Il se déplace sans cesse et je ne peux hélas aller à son train. Je fais une ville par-ci par-là, et toujours la veille de son passage pour prendre sagement le pouls de la population avant la fièvre qui monte dès sa présence. Aujourd'hui, c'est Emberge.

— Ne le prenez pas mal, mais voulez-vous descendre les marches ? Je n'aime pas que l'on me parle de haut. Rangez votre pense-bête. A qui ai-je l'honneur et le plaisir ?

— Mademoiselle Corday.

De mère en fille, Mme Echinard tenait la Casserole d'Argent depuis trois siècles. Les hommes servaient. Il n'était plus question de se faire une idée de la splendeur qu'avait été l'auberge fréquentée par les mousquetaires du Roi, ses poutres, ses encorbellements, ses couronnes de fer où tout un peuple de chandelles donnait aux culs-de-bouteille des fenêtres la moire d'un gibier d'eau.

Corday Dalida et Justin Blase n'avaient pas trouvé place à la terrasse mais à l'intérieur près des toilettes dans le grand cube de ciment aux ouvertures encadrées de pierres meulières. De hautes chaises raides se pressaient sous les tables en bois équatorial. Il y avait des hommes, des femmes, des enfants, la foule dont parle Hugo, et les mangeurs mangeaient. Un ventilateur tournait sur la desserte aux fromages. Deux adolescents pâles à boléro noir et d'un sérieux de garagistes à l'essai portaient les plats. Des petites grilles au plafond filtrait une romance incolore.

— Ne me posez pas toutes les questions à la fois, dit M. Blase. Vous êtes jeune, vous voulez tout et tout de suite. Prenez votre temps ou c'est lui qui vous prendra. Il vous cachera dans un coin que vous n'aurez pas soupçonné et vous ne saurez plus où vous êtes. Remarquez, j'ai été comme vous jusqu'au jour où j'ai choisi de bouger le moins possible. Faire le mort est la quintessence de la vie. Mon pauvre maître soupçonnait que les plus grands caractères étaient ceux qui ne se montraient pas, et que les plus malins, les plus heureux essayaient de se faire oublier. Je crois qu'il avait raison. En y regardant bien, dans ma famille, par exemple, je ne mets rien au-dessus de certains de mes grands-oncles et oncles. On ne les entendait pas. Ils étaient toujours souriants. Je me demande encore à quoi ils passaient leurs jours et leurs nuits. Il émane d'eux dans ma mémoire la lueur des astres dans la nuit. Ne mangez pas aussi vite, Mademoiselle Corday. Voulez-vous encore une portion?

— Oui, oui, je dois vous sortir mon questionnaire.

— Nous ne sommes qu'au début de la nuit.

— Ne croyez pas, dit-elle, que je vais la passer avec vous.

Son ton avait été sec. M. Blase leva les yeux au ciel. Dans sa tenue d'accueil M. Echinard qui portait une toque et un nœud papillon blanc vint demander à l'archiviste si tout allait selon ses désirs. Il était surtout curieux de cette jeune personne en compagnie de l'archiviste habituellement seul. Blase prit les devants.

— Nous recevons le Président, demain, et Mademoiselle fait partie de sa maison. Je lui fais les honneurs de la ville qu'elle n'aura pas le loisir d'apprécier dans la fièvre. Comment va Mme Echinard?

— Elle boite toujours.

— Naturellement, c'est de naissance. Je veux dire : il ne lui est rien arrivé d'autre?

— Chef, dit Dalida en prenant son crayon, vous n'avez rien contre la jeunesse ?

— Tous nos ennuis sont venus des apprentis, Mademoiselle. Excusez-moi, on me demande en terrasse.

Il s'éloigna et l'archiviste se pencha à travers la table pour éclairer la sondeuse.

— La boiterie attire, comme un bras plus court que l'autre, ou une légère loucherie. Mme Echinard connaît à fond dès le premier jour les aides qui arrivent dans sa cuisine. M. Echinard après tant d'ennuis ne s'y est pas habitué. Il ne met plus jamais les pieds dans la cuisine et lance ses ordres par le guichet. S'il n'était pas sentimental il serait parfait. Invisible, en dépit de sa très haute toque. Il zombille de client en client, tel un bourdon dans les fleurs. Nos commandes sont le pollen.

— On pourrait en entrant, dit-elle, tirer un papier dans une boîte ad hoc, noter le numéro de la table où l'on s'assied et déposer le menu choisi au guichet de la cuisine.

— Vous voulez supprimer des emplois ? demanda M. Blase. Je vous prenais pour une socialiste.

— S'il ne tenait qu'à moi, reprit la jeune fille, il n'y aurait plus, pour tout, que des distributeurs automatiques. Dans combien de temps pensez-vous que nous y arriverons ? C'est justement l'une des questions posées par mon Comité.

Il ne répondit pas, mais il se tenait les coudes sur la table, la tête posée dans les mains en coupe. Il ressemblait de plus en plus à un bon vieux chien, perdu dans ses poils, dont les yeux s'étonnent de leur tristesse, comme s'ils étaient tournés sur eux-mêmes vers un intérieur inconnu. Dalida, qui voyait juste, imagina que le spectacle devait être à se pendre. Elle eut envie de poser une main sur l'épaule de l'archiviste, mais que pourrait-il penser de ce geste si purement filial ? Elle haussa les épaules et M. Blase pensait qu'il n'aurait jamais dû répondre à cette créature sur le rempart. Il était trop bon de lui offrir des frites et une conversation qu'il ne réservait à l'ordinaire qu'à lui-même. Les femmes ! Les jeunes femmes !! Les demoiselles !!! Les adolescentes !!!! Ses pensées ne pouvaient plus s'offrir que des points d'exclamation. Il leva la

211

main et d'un tour de reins le patron lui mit immédiatement sa toque sous le nez.

— Encore une chope? demanda Blase.

— Comme vous voulez, dit Dalida. Je n'ai pas d'idées.

— Mademoiselle en a sûrement derrière la tête, dit finement le toqué.

Dehors, un roulement de tambours ricochait sur les murs, M. Blase regardait le bijou qui pendait au cou de la jeune fille. Il avait d'abord pensé à un minuscule cercueil émaillé. La curieuse enfant n'était-elle pas à l'âge du goût douteux? Non, le parallélépipède était un taille-crayon et Dalida y affûtait maintenant sa mine. Il s'en voulut d'avoir rabaissé son inattendue compagne.

— Avant notre rencontre, dit-il, avez-vous vu la ville?

— J'en finissais le tour, dit-elle.

— Emberge vous paraît belle?

— Non, dit-elle. Un musée. Des ruines dans des jardins.

— L'image du pays en général, dit Blase.

— Il n'en reste pas grand-chose.

212

— L'étonnant, Mademoiselle, est qu'il en subsiste encore autant. Après vous, je ne réponds plus de rien.

— Quel est ce bruit ? demanda-t-elle.

— La fanfare répète, dit M. Blase intrigué par le livre qui sortait du sac de son invitée. Que lisez-vous ? demanda-t-il.

— *Mon capital.*

— Vous n'avez donc rien d'autre à faire que de la politique ? Rien d'humainement sérieux ?

— Quelle politique ?

Elle le regarda droit dans les yeux et vit qu'elle se méprenait autant que lui.

Le vent offrait par bouffées des étincellements de trompettes.

— *Mon capital* est un roman d'amour, dit-elle. Vous n'en avez pas entendu parler ? Il est en tête de toutes les ventes.

Elle le tendit à M. Blase.

— Non, je vous remercie. C'est une belle histoire ?

— D'amour triste.

— Comment voulez-vous qu'il en soit autrement ? dit Justin. Pourquoi la lisez-vous ?

— Ça traînait chez ma mère. Elle achète tous les succès des grandes surfaces.

L'archiviste lut la couverture : Sisyphe Stone, *Mon capital*.

— Que raconte cette Anglaise ?

— L'histoire de Barbe-Bleue qui se fait opérer après ses méfaits. Il devient femme et pend alors dans ses placards, à côté de ses anciennes connaissances, tous les hommes qui cèdent à ses charmes et dont elle hérite les biens. Elle travaille ainsi jusqu'à un âge avancé puis elle prend sa retraite et devient le guide de son château dont les couloirs et les chambres sont tapissés de vitrines remplies de squelettes étiquetés. Un Hindou hirsute et sans âge qu'elle a épargné lui sert de concierge et vend les cartes postales.

— J'aimerais connaître la fin, dit Justin Blase.

— Elle empoisonne les deux inspecteurs de Scotland Yard venus pour l'arrêter. L'Hindou

leur a préparé un thé subtil pour les réconfor-
ter du spectacle que la vieille transsexuelle
s'apprête à leur offrir en dévoilant sa nature
qu'elle appelle son capital.

— Si Fakir vivait encore, dit l'archiviste, je
lui raconterais cette histoire. Je l'entends
m'annoncer qu'il n'a rien contre et je suis de
son avis. Mais tout cela nous creuse, voulez-
vous que je commande un vol-au-vent, spécialité de la maison? Je n'ai pas osé de peur
que vous pensiez que je cherche à vous
éblouir.

Il leva le doigt et le papillon blanc
d'Echinard se posa sur le coin de la table.

— Un vol-au-vent, n'est-ce pas? dit le
patron sans relever la tête. Je me demandais
quand vous vous décideriez.

Il s'en fut et l'archiviste revint à sa cour.

— Avez-vous noté que la merveille de ce
monde est que l'on puisse encore trouver une
glycine sur les restes du Palais de Justice? Je
vous la montrerai en sortant. Elle couronne

deux chevaliers sans tête qui soutiennent une ogive par miracle. Vous allez la voir sous la lune qui est pleine en ce moment et qui en orfèvre toutes les grappes. La lune en fait beaucoup, mais on ne peut pas en vouloir aux artistes. J'ai moi-même replanté un peu partout dans Emberge des glycines. Il leur faut sept ans pour apparaître et fleurir. Avec ces mains.

M. Blase posa ses mains sur la table et la jeune fille s'étonna de la finesse et de la longueur des doigts et qu'elles fussent si peu tachées, comme d'une autre peau que celle des joues, du nez, des oreilles. Elle revit celles de son grand-père Labandon et en parla.

— Il était jardinier à Bagatelle, les mains courtes, noueuses, avec du vert et du marron. Les vôtres n'ont pas l'air de vous appartenir.

— C'est exact. Elles ont toujours vécu chez les autres. Dans ce qu'ils ont de plus intime, leurs lettres. Elles sont faites pour le souvenir, la confidence, les aveux, les testaments, ce qu'il y a de diaphane dans le secret. Longtemps, dans mes débuts, elles se sont promenées dans de hautes pages d'onciales, avec le recueillement de moines dans un cloître.

Dalida se demanda s'il n'était pas un peu fou.

— Des onciales ? demanda-t-elle.

— Une écriture capitale et délaissée. J'ai vécu dans les archives. Mais ne croyez pas que c'est le passé. Il y a des archives toutes fraîches. Certaines naissent en ce moment. Votre calepin en est une preuve. Et nous vivons à l'extrême pointe de la réalité.

— Vous m'en direz des nouvelles, dit le patron en déposant les vol-au-vent.

Il avait écarté les jumelles de l'archiviste posées entre les verres. Dalida regardait la terrasse où se balançait un collier d'ampoules multicolores. Devant les guéridons, un rappeur à bonnet de verroteries hachait une complainte qu'il se jetait par bribes dans la bouche, d'un geste sec, et il paraissait se tenir à quelque distance du sol. Derrière lui la nuit se trouvait mal et disposait en désordre ses étoiles. Dalida avait ouvert son vol-au-vent

217

dont l'intérieur gris et gluant fumait en s'affaissant. M. Blase n'imaginait pas que son invitée pût être écœurée, s'il la voyait hésitante.

— Oui, dit-il, attendez, ne vous brûlez pas, mais c'est meilleur chaud. Vous avez sans doute l'habitude de manger froid.

Ce n'était pas une remarque désobligeante. M. Blase depuis cette rencontre inattendue ne prenait plus garde à ses paroles, à son comportement habituel. Il ne se rendait même plus compte des regards portés par certains dîneurs à sa table, et quelques Embergeois pensaient que M. Blase venait d'avoir la visite d'une jeune parente que l'on n'avait jamais vue. Il était impensable que ce pût être une sortie aventureuse de l'archiviste. Pouvait-il en être autrement ? La jeune femme qui n'avait pas touché à son assiette la passait à Blase qui mangeait le deuxième vol-au-vent, avec un naturel que l'on ne trouve qu'en famille, et le couple poursuivit une conversation touffue, comme on en savoure après une longue absence, et que signifieraient calepin et crayon chez une garce de rencontre ?

— Vous avez toujours été seul ? demanda
Dalida. Vous ne vous êtes jamais marié ?

— Pour redoubler mes craintes, mes
angoisses ? dit M. Blase, la bouche pleine.

— Vous n'avez jamais aimé ?

— Si, des corps charmants, pas leurs idées.

— Vous êtes peureux ?

— Prudent. Je n'ai jamais commencé une
chose sans en voir aussitôt la fin.

En disant cela il eut envie de demander
l'addition et de partir.

— On arrive naturellement à la dernière
question de l'enquête, dit Dalida. Comment
voyez-vous la fin du monde ? Laquelle souhai-
tez-vous ?

— Rapide et que je ne m'en rende pas
compte.

— Vous êtes très aimable, dit Dalida. Je
vous remercie. Permettez-moi d'aller question-
ner d'autres personnes.

Justin Blase se leva difficilement pour saluer
son départ. Il n'avait pas eu le réflexe d'ôter
la serviette déployée sur son gilet. A peine

s'était-il rassis qu'il vit la jeune fille traverser la terrasse et le rappeur la suivre. Le patron vint lui demander ce qu'il se passait.

— Il y a des jeunes qui font admirablement leur travail, dit l'archiviste. Vous venez de voir l'une des plus remarquables spécialistes du sondage.

— Nous ne serons pas à la une des journaux bien longtemps, dit l'homme à la toque en baissant la voix. Il paraît que le Président s'est arrangé pour ne pas manger ici? Nous avons fleuri toute la ville et il ne fera que passer.

— Les Grands changent d'itinéraire au dernier moment, Echinard. Ce sont tous des inquiets.

— Aller déjeuner au Mouton d'Or de Fauqueux! La table est surfaite, je peux le dire. Elle est tenue par l'un de mes cousins qui ne distinguait pas une poire d'une pomme avant d'aller au régiment.

— Rien ne m'étonne, dit M. Blase. La reine d'Angleterre a toujours confondu quenelle et andouillette.

— Vous devez faire des découvertes étonnantes dans vos archives. Si je pouvais un jour m'asseoir une minute pour vous écouter, mais voilà, on m'appelle. Excusez-moi.

— C'est la gloire, Monsieur Echinard. Vous courez à la trompette!

Des bouffées d'air plus frais se poussaient maintenant jusqu'au fond de la salle et l'on voyait refluer vers la terrasse une lente et dense vague de fumée. M. Blase bourra sa pipe avant de gagner la sortie. Il se sentait plus jeune tout à coup, avec une envie de rentrer chez lui en faisant le grand tour. C'était un itinéraire de luxe dont la nuit enchantait le décor planté d'arbres grêles.

Vers le rempart du Nord, au-delà de la place des Fusillés, il enfila la rue des Insurgés et par la rue des Trois-Guerres atteignit le boulevard des Martyrs pour le quitter au passage de la Déportation, basse-fosse qui donne sur la rue du Bourreau. Il n'avait plus qu'à s'arrêter un instant devant la venelle de l'Attentat, courbe étroite dans les lilas, pour reprendre souffle, laisser à gauche le terre-plein des Massacres et longer la porte du Guet-Apens pour arriver près du rempart du Sud à Sainte-Hélène, sa maison qu'il a baptisée ainsi

221

pour l'avoir achetée un 18 août. De quelle
année, mon Dieu ? Il y avait déjà dans la haie
plus haut que l'aubépine ce chèvrefeuille clair
et dense, immédiat mais retenu, qui donne le
parfum même, au bord de la maturité, de la
jeune personne qui vient de l'étonner et de
s'enfuir. Un coin de lune bloqua la porte
quand il pénétra dans la maison. L'œil de verre
de Fakir eut un éblouissement.

Le haut-parleur de la voiture qui annonce la représentation des cirques éveilla très tôt l'archiviste. Une voix vibrante demandait à la population de se rendre en masse avec des fleurs devant la Mairie pour honorer le premier personnage de l'Etat.

— Des jeunes filles vous offriront des petits drapeaux à l'angle de la place et de la rue des Pigeons. Qu'Emberge se mette à la hauteur de sa devise : « Je tiens ».

Justin Blase regarda autour de lui. Ainsi se mettait chaque matin le monde en place. A la fenêtre le feuillage du tilleul remuait avec douceur la clarté. La lumière de la chambre était celle de rentrée de longues vacances, du roux des gravures de l'histoire d'Armide, au mur pâle. Deux chaises d'une raideur inaccoutumée, plus hautaines que serviles regardaient un guéridon au plateau arrêté de guingois par des esprits mécontents, appelés, venus, et mal écoutés. Il y avait surtout la petite bibliothèque vitrée qu'artistiquement M. Blase laisse vide et qui donne l'angoisse d'un monde où n'auraient existé ni Shakespeare ni François Coppée.

Les livres, les paperasses encombrent les autres pièces de la maison. Le soleil atteignait maintenant l'objet le plus cher à M. Blase après Fakir, roi du rez-de-chaussée. Il vient d'une foire à la brocante, l'une de ces fêtes du petit matin, à Emberge. Justin s'est fait ce cadeau moralisateur, qui remet les choses en place quand l'esbroufe générale en remet un peu trop. C'est, naturalisé, un coq de combat, petit dur d'une arrogance de l'au-delà avec ce croissant solaire de la queue. Eh bien, levez les ailes vernies, d'un précis de miniature persane. Apparaît alors sous le superbe casque la chair sans duvet, plus nue, mince et grenée que celle d'un méchant poulet à l'étal d'un volailleux. L'archiviste de temps à autre écarte délicatement les plumes somptueuses et voit la chose, à frémir. Il y jetterait un œil chaque jour s'il ne craignait de fatiguer la robe admirable. Quelques plumes sont tombées, qu'il a recollées de son mieux.

Il regarde le coq ce matin. Il le voit comme jadis dans sa mécanique importante se retourner en flamme, tenir un instant son œil de mercure sur la tête inclinée, bondir et s'ébouriffer sur l'Autre dans les cris des parieurs au bord de la piste. Le soleil touche maintenant le spectre féerique.

M. Blase décida de se faire très beau pour la visite du Président. Il descendit par l'étroit escalier qui n'a que la peau sur les os, tourne et tombe dans la cuisine.

Il prit un œuf dans sa glacière, le réchauffa dans sa paume, le temps d'écouter le résumé des informations de la nuit et le bulletin de la météorologie – il allait pleuvoir orageusement – puis il perça la coquille de l'œuf aux deux bouts et goba. Il avait le temps de se préparer soigneusement et il se bichonna comme une mémère à chien son caniche, n'oubliant pas de s'agrafer un collier de soie noire à rabat où piquer l'épingle d'or et sa perle, qu'il tient de son père et qui reste le seul souvenir de sa famille. Il se regarda dans son triple miroir à barbe et se trouva plus jeune qu'à l'ordinaire, et ses reflets à chaque coup de menton ressemblaient aux sauts joyeux que font pour vous fêter les meilleurs amis de l'homme. M. Blase prit son chapeau le plus socialiste d'un sombre très large au bord qui paraît toujours s'agrandir, ses jumelles, sa flasque et son parapluie, jumeau siamois de l'ombrelle, qu'il oubliait ici ou là, régulièrement, mais qu'il retrouvait au commissariat grâce à l'étiquette qu'il a collée sur le manche et porte ses nom et adresse : villa Sainte-Hélène, rue de la Lanterne, Emberge.

M. Blase traversa son quartier de jardins pour philatélistes, minuscules et précis, avec chacun son effigie : une Velléda de plâtre, une Vierge dans sa grotte, un Roi nain sur son trône d'herbe, un clapier, une baignoire au ras du sol où dans une eau verdâtre barbote un canard de Barbarie. A peine l'avait-il quitté que la foule et l'odeur et le bruit l'aspirèrent et lui firent hâter le pas. Le ciel d'un bleu de Gênes habillait la jeunesse. Des inconnus le saluaient et passant près d'une camionnette il aperçut au volant un garçon grave qui fumait un cigare et faisait des ronds de fumée. Justin Blase admiratif se mit à les compter.

— Bravo, mon jeune ami. J'ai passé des années, autrefois, à tenter en vain ce que vous réussissiez à la perfection, et de plus vous les faites passer l'un dans l'autre, jusqu'à six! J'admire. Quel est votre record?

— Onze, dit Thibaud Templier.

— C'est peu commun. Quelle force de caractère! J'imagine que l'on vous a donné rendez-vous. La belle tarde, on l'attend et elle ne vient pas. J'ai connu cela, mais j'ai vite compris que ma meilleure compagne ne pouvait être que moi-même et je l'ai toujours sous la main. Elle vous fait donc croquer le marmot et vous vous morfondez?

— Pas du tout. Je m'entraîne, je me perfectionne, je ne fais que cela.

— Tant mieux, c'est le secret des grandes œuvres. Vous me plaisez beaucoup, jeune homme. J'en vois tant qui courent après je ne sais quoi, sans idée sans espoir. Vous n'êtes pas d'ici?

227

— Hélas!

— Pourquoi hélas? Le regret est une pierre au cou. Vous ne connaissez pas les Embergeois! Des gros, des lourds, des illettrés! Ils ne savent même pas l'existence de leurs archives! Où donc est leur avenir? Enfin. Je vous souhaite la réussite car je n'ai rien contre la jeunesse et je vous donne le bonjour.

Dès que M. Blase eut fait quelques pas le panneau de séparation de la cabine et du fourgon coulissa. Dans la pénombre Henri Sanzygrec mangeait un sandwich d'une mastication tranquille, mais Fédor et Fred paraissaient inquiets. Thibaud les rassura :

— Pas de panique, c'est un ancêtre, un amer. Il a tout raté, les ronds de fumée, les filles. Un vieux con.

— Exact, dit Dalida qui surveillait la rue par le judas de la porte arrière, il m'a offert à déjeuner.

— L'archiviste s'éloignait en moulinant du parapluie sous le soleil. Il décida de s'en débarrasser au seuil de la Casserole d'Argent où déjà l'on buvait ferme, et debout. Les tables attendaient les rois et les fous sur leur damier désert.

— Naturellement, je vous le garde, dit le patron qui derrière le bar portait déjà sa haute toque ornée d'un petit drapeau français, en papier, de ceux qu'il pique dans les boules de glace. Je vais, hélas, une fois de plus, manquer un grand moment. Ce n'est pas un métier mais un sacerdoce, je ne puis lâcher le manche. Vous me raconterez.

Une réclame au blanc d'Espagne se lisait à l'angle du long miroir qui les reflétait tous et d'où ils paraissaient émerger, serrés dans les mailles d'un chalut « Le 7ᵉ est gratuit ».

M. Blase lui tendit sa flasque à remplir et lui fit signe d'aller au bout du comptoir. Echinard le rejoignit et se pencha pour mieux entendre.

— Hier soir.
— Oui?
— Voulez-vous me rassurer? Etais-je bien ici avec une jeune fille brune?

— Oui, j'ai mis deux vol-au-vent sur votre ardoise.

— J'ai le souvenir de deux vol-au-vent certes, mais n'étais-je pas seul?

— Non. Je vous assure. Elle est partie avant vous. Je pense par délicatesse. Pourquoi faire jaser? Je vous parle franchement, comme à un vieil ami, il ne serait pas étonnant qu'elle ait honte de traverser la ville en tenant la main d'un survivant. Je vais vous confier quelque chose.

M. Blase fronça les sourcils, les lèvres du patron lui touchaient l'oreille.

— Il y a deux ans j'ai connu un grand amour, de l'âge de votre sondeuse. J'aurais aimé la montrer, la sortir à mon bras. Elle a refusé. C'était au-dessus de ses forces. L'idée la faisait rougir. Si je n'avais pas insisté, maladroitement, cette passion faite pour le huis clos durerait encore. Vous voyez? Et vous pourriez être mon père.

— Alors je n'ai pas rêvé? On en a parlé dans la salle après mon départ?

— Louchon!

L'un des couperosés posa son verre et vint retrouver les amis.

— As-tu vu hier soir ici M. Blase en compagnie?

— Félicitations, dit Louchon.

— Campin!

Le nommé Campin arriva et le patron lui posa la même question.

— Justement, dit Campin. Je n'osais pas vous interroger, Monsieur Blase. C'est délicat, mais si l'on ne parle pas peut-on se faire une idée?

— De quoi? dit l'archiviste.

— Est-ce que... est-ce qu'avec l'âge, ça marche toujours? Est-ce que l'on croit que ça va marcher, et finalement ça ne marche pas?

— Il faut attendre le finalement, dit l'archiviste.

— C'est une question de fréquence, j'imagine.

Les buveurs écoutaient et formaient groupe maintenant au bout du comptoir.

— Je prends le train pour Paris, régulièrement toutes les trois semaines, dit M. Blase
avec innocence. C'est une ville beaucoup plus
délicate qu'on ne le dit. Elle baisse d'admirables paupières grises sur les plus beaux yeux
qui soient. D'un très vieux stage à l'Hôtel de
Soubise où j'ai classé et fouillé pas mal d'archives au début de mes études j'ai gardé quelques
adresses dans le quartier. Les patrons, les
patronnes, le personnel tout a changé, mais les
lieux restent. Certaines chambres ont gardé
leur papier peint depuis plus d'un siècle. J'en
connais un avec des canaux, des ports, des
moulins dans une ville presque effacée. Cela
doit valoir une fortune, à présent, mais personne de sensé, de chaleureux, n'aurait l'idée
de l'enlever.

Des bandes joyeuses passaient au-delà de la
terrasse vers la Mairie.

— Qui m'aime me suive! s'écria Campin.
Je veux voir l'arrivée du Président.

M. Blase et le patron les regardèrent s'en
aller dans la lumière forte qui s'installait.

— Je vous remercie, Echinard, dit M. Blase, mais je reste décontenancé. Il me semble que j'ai rêvé cet en-cas du soir pris à votre Casserole d'Argent en compagnie de cette beauté.

— Je ne l'ai pas trouvée extraordinaire, dit le patron. Ne regrettez rien. Il me semble même en dépit de sa jeunesse qu'elle avait beaucoup servi.

— Toutes vos preuves s'effondrent, dit l'archiviste. Je n'aurais pu inventer, à plus forte raison inviter une fille facile, ni m'en faire aborder. Portez mes hommages à Mme Echinard. Voulez-vous garder aussi mon chapeau ?

Il prit le chemin de la Mairie. D'un réverbère à l'autre des banderoles franchissaient les rues.

M. Blase saluait de la main serrée sur sa pipe des personnes qui ne lui avaient fait aucun signe. En passant sous de maigres arcs triomphaux, d'autres lui revenaient en mémoire, grandes machines de bois plus dorées que des autels où des jeunes filles logées dans des niches superposées jetaient des fleurs

233

au passage des Princes. Il revit dans une chaise tirée par des mules coiffées d'autruche un légat du pape éborgné par un citron jailli de la foule. D'autres cortèges encore. Et son cœur battait le tambour. Les sergents de ville le laissèrent passer les cordes qui servaient de barrière à la foule bon enfant et M. Blase monta jusqu'au perron où se tenaient le maire et les adjoints. Une bonne moitié des Embergeois agitait des petits drapeaux. Le vent remuait sur le peuple les parfums et les puanteurs des cuiseurs ambulants de pralines et de merguez, et le mélange de vanille et de graisse brûlée symbolisait assez bien le plaisir et la corvée, le pour et le contre, la fête et le devoir. Deux avions de la base voisine surgirent et disparurent en rase-mottes, dans un tel vacarme que toutes les têtes une seconde envoyées d'un côté l'autre heurtèrent une sorte de mur qui s'effondrait, d'où jaillit un éventail d'oiseaux. L'Harmonie Municipale éclatait sur la place pour l'arrivée des motards, des voitures de police et de la limousine présidentielle. Beaucoup croyaient connaître Félix Monchat, mais ils n'en avaient vu que des reproductions, et M. Blase aussi fut étonné par la réalité. L'homme était beaucoup

234

plus petit qu'on ne se l'imaginait. L'œil à clins chroniques sous de très hauts sourcils passait de la surprise à l'étonnement, de la modestie à l'impérieuse curiosité, jusqu'à vouloir toucher tout ce qu'il voyait. A peine descendu de voiture il tendit les bras et commença par serrer les mains des agents du service d'ordre. Sur le perron, les notables s'étaient bousculés pour le mieux voir. Le maire vint à sa rencontre, suivi de ses adjoints en file indienne de préséance. M. Blase avait été repoussé vers le mur sans mauvaise volonté ni par on ne sait quelle honte de mettre en évidence le gâteux de la famille. Au contraire, on était assez fier de posséder un homme qui avait déniché dans l'une des caves en ruines de l'après-guerre le manuscrit aux capitales d'émail, gloire de la ville, dont on ignorait d'ailleurs que M. Blase possédât le secret infernal, cette danse de mort lubrique qu'il avait découverte à l'envers, sodomisant en quelque sorte un texte apparemment d'une infinie pureté. En ce temps là, le Malin connaissait encore la taquinerie, l'aguichement, le jeu. Il ne se cache plus aujourd'hui. C'est un homme très ordinaire. M. Blase pensait à tout cela en attendant son moment glorieux, celui où l'on allait le prier de présenter le manuscrit au Président. Pour l'instant, il braque ses jumelles sur le numéro un des citoyens dont le physique lui rappelle le premier garçon de la Casserole d'Argent, celui qui fut remercié par Echinard qui l'avait surpris avec sa femme dans la cuisine. Même œil énamouré, même fine moustache, même taille, la raie centrale dans les cheveux noirs, et ces mains volantes. Le maire l'invitait à monter les marches et la foule applaudissait en poussant des cris. Félix Monchat n'écoutait que son cœur, car à force de le dire il avait fini par l'aimer, son peuple, et ne plus faire de cette masse informe qu'une personne exquise. Il pivota vers la foule et faisant fi des barrières et des cordes caressa les mains dont l'innombrable agitation à sa hauteur rappelait la joueuse écume de la mer. « Bonjour. Bonjour. J'espère. Oui. Charmant. Oui. Bonjour. Magnifique enfant. Là-bas. Naturellement. Merci. Splendide. Naturellement. » Il se sentait bon, souriait à tous, à lui-même, et parfois jusqu'à la souffrance, avec cette crainte que ressent l'oasis à l'approche d'une pluie de sauterelles. « Mais tu l'as voulu, Félix, souris encore. » Il eut une grimace quand l'un de ses gardes le tira par la veste. Il fallait quitter cette meute adorable, aller subir des mots de bienvenue, boire ce qu'il y a de plus abominable au monde, un champagne à demi brut et tiède.

Le groupe des hôtes bascula une nouvelle fois M. Blase qui eut une bouffée de colère inattendue. « Ils me l'ont fait perdre ! » grogna-t-il en remettant les yeux à ses jumelles. Il était sûr d'avoir reconnu dans la foule sa belle sondeuse. Où était-elle maintenant ? Il n'arrivait pas à la retrouver dans ces premiers rangs où d'après sa tête renversée elle devait se tenir sur la pointe des pieds dans un grand effort pour atteindre et serrer la main de Monchat. Non, il l'avait perdue et le deuxième adjoint lui pinçait le coude.

— On vous attend, mon cher Blase.

Il se rendit à la place qu'on lui indiquait, en fin de file des notables et près de la vitrine recouverte de l'écusson brodé d'Emberge où patientait le manuscrit aux onciales. M. Blase effleura les deux dextres coupées qui se nouent dans les armoiries, un fin travail de perles avec des éclats de jais sous les ongles et deux filets de rubis pour les gouttes de sang. Le Président continuait de serrer les mains des notaires, chefs de clinique et d'industrie, sportifs, lauréats des arts, chiffres et lettres, et de leurs femmes dont un premier prix de flûte et une rapporteuse au Conseil de l'Europe. Cependant il n'échappait à personne que le Président montrait des signes de fatigue. L'architecte en chef des ruines d'Emberge retint un instant la main que lui tendait Félix Monchat et lui demanda s'il ne voulait pas s'asseoir, tant le front du Président perlait.

— Vous êtes très aimable, dit Monchat, le peuple a toujours été très aimable pour moi, mais tout va bien, vous connaissez ma devise : « Faire face ».

Il s'essuya le front et pria la flûtiste de l'excuser de lui tendre la main gauche, mais chacun voyait que la pâleur du Président faisait place à des roseurs sournoises qui tournaient au violet, attaquaient le front, les

238

pommettes, le cou, les doigts qui commençaient à frémir. M. Blase à qui la politesse innée interdisait de montrer quelque souci ôta la broderie pour dévoiler au Président le précieux manuscrit, mais le Chef de l'Etat haussa l'épaule et s'écroula. Une suprême détente allongea sa petite taille et le raidit. La peau était sombre et les médecins du corps municipal bousculèrent les invités, se penchèrent sur lui pour déclarer qu'il venait de mourir. Le maire lança l'ordre de fermer les portes.

Il ne fallut que dix minutes pour que le patron du Mouton d'Or à Fauqueux apprît la nouvelle par Echinard et demandât aussitôt à qui présenter l'addition de la centaine de couverts. En extra pour la réception, Mme Echinard en profita pour saisir le fil et demander à son mari s'il n'avait pas pris un mauvais coup dans cet attentat.

— Quel attentat ? Il s'agit d'un malaise qui a mal tourné, ma chérie.
— Pauvre chou.
— Il n'est plus à plaindre.
— Pauvre chou, ce n'est pas lui, c'est toi.
— Je n'ai rien vu, rien entendu, rien subi. Je n'ai pas quitté la Casserole et je suis sens dessus dessous. Tes paroles me font du bien. Je te remercie, Mathilde.

240

Ils n'avaient pas échangé de mots tendres depuis plus de vingt ans. Comme on se trompe soi-même! Il suffit d'un rêve, de la mort d'un Président, pour s'apercevoir que votre couple tient toujours. Echinard, ému, en avait ôté sa toque. Il la remit dès qu'il eut raccroché. Ceux qui n'avaient pas quitté le comptoir ressentaient une certaine fierté. Emberge nous fait encore entrer dans l'Histoire. Echinard avait ouvert la radio. Les émetteurs de l'Hexagone n'avaient encore rien annoncé, mais en tournant le bouton d'ondes extracourtes de l'appareil qu'il portait à la ceinture le dernier amant de la patronne, aide-plongeur et légumier, un Chinois émigré du fleuve Bleu, venait de capter Shanghai qui donnait en quatorze dialectes pour l'Europe la nouvelle de la disparition de Félix Monchat.

A la Mairie, les pompiers avaient enlevé le corps. On avait offert une chaise à M. Blase qui se trouvait le plus proche témoin de l'attaque présidentielle. Il gardait un bras levé, la main sur la vitrine du manuscrit, car il redoutait le pire, le vol dans le brouhaha qui ne s'apaisait qu'à peine. Les gendarmes posaient des barrières de fer autour de la silhouette à la craie, étonnamment droite sur le plancher. Personne n'était sorti. Au contraire, M. Blase notait une assemblée plus nombreuse qu'au moment fatal et c'était à qui pourrait venir se pencher au-dessus du cadre interdit. Le bruit d'un crime, d'un empoisonnement, courait déjà. Le contour de Félix Monchat paraissait plus grand mort qu'en exercice. Cela n'étonnait pas l'archiviste qui avait toujours considéré les morts plus importants que les vivants, bien que la vie même des morts présente des inégalités aussi criantes que celles de la vie courante. Moyen, bavard, bénin quoique instable, fervent de la courbe et du compliment, Félix Monchat s'adaptait une fois encore et perdant sa souplesse de garçon de café pour la raideur que lui offrait ce meurtre, il tournait à son profit le silence qu'il n'avait jamais pratiqué.

— Que pensez-vous de tout cela, Monsieur Blase ? demanda le maire. Aurait-on osé penser que l'on pût assassiner un homme aussi aimable ?

— On ne lui demandait peut-être pas de l'être, dit l'archiviste.

— Avant de s'affaisser, avez-vous vu comme il est passé par toutes les couleurs?

— L'habitude, dit Justin.

Un homme s'engagea d'un pas tranquille sur la grand-place qu'un tourbillon de police balayait de ses traînards, mais les curieux revenaient par les rues adjacentes et les admirateurs de Félix Monchat le réclamaient à grands cris. Des touristes étrangers doués du sens national trouvaient bizarre que la population lâchât et piétinât avec tant d'ardeur les petits drapeaux de papier de son pays, ce bleu-blanc-rouge qui avait fait jadis le tour du monde. De nouveaux renforts arrivaient de la Caserne d'Emberge, mais désaffectée pour devenir maison de retraite elle ne pouvait fournir qu'un maigre lot de jardiniers et d'infirmiers pour la plupart eux-mêmes en convalescence. L'homme tranquille se trouva bientôt seul face à la Mairie qu'il regardait en souriant, car il trouvait belle la rangée de fenêtres fleuries.

Un sergent vint lui demander de circuler, mais sans résultat. Un gradé qui voyait la scène s'approcha.

— Il n'a pas l'air de comprendre, dit l'inférieur. Je lui ai demandé s'il parlait le français.

— Vous avez vu ses papiers?
— Je l'ai fouillé. Il n'en a pas.

Lisant la note que venait de lui tendre le ministre Bétourné, un huissier muni d'un haut-parleur lançait un appel à la cantonade depuis le perron.

— Le Président a eu un léger malaise. Les médecins se penchent sur son cas. Nous vous tiendrons au courant. Regagnez vos demeures.

— Où habitez-vous? demanda le gradé.
— Je ne sais pas.
— Il va falloir le loger.

Sur un coup de sifflet la voiture de l'officier surgit et l'on y monta l'égaré. Des fleurs sur le pavé firent déraper l'engin à sirène qui fendit le reste des badauds, devant les boutiques aux rideaux de fer descendus.

Dalida, Fédor et Fred avaient rejoint Thibaud dans sa fourgonnette et se tenaient aux aguets. Sanzygrec passa si près que leur gorge se serra. Derrière la vitre du véhicule qui l'emportait il montrait un profil impassible entre les képis de ses nouveaux ravisseurs.

— Tout baigne, dit Templier.

La mort du Président réduisit le pays pendant une semaine à la taille d'un village. Il semblait que chacun avait hébergé l'Illustre, reçu ses confidences, même ceux qui le souffraient difficilement, et toutes les opinions se fondirent dans la voix du ministre de l'Environnement Spirituel qui annonça urbi et orbi la tragédie. « Personne n'est indispensable, mais nous venons de perdre un père, un oncle, un frère, un équipier, un avant-centre et un gardien de but. »

Aux obsèques on entendit le cardinal et le rabbin, qui ajouta que Félix avait l'habitude d'échanger des histoires juives avec ses amis hébreux bien qu'il ne fût pas du peuple élu. Le pasteur et l'imam reprenaient tour à tour la formule de Bétourné devant le catafalque dressé symboliquement au milieu des deux rives de la Seine sur le pont préféré de Félix Monchat, celui des Invalides. « Il aimait à voir couler d'ici le fleuve impassible et douteux de la vie. » Et l'on passa tout de suite à autre chose.

Ce n'est que dix ans après que la mémoire de Félix Monchat, un homme exquis dont seuls les sourcils faisaient peur, refit surface d'une façon fugitive, lors d'un procès dont la jurisprudence elle-même s'étonna. Aucune enquête n'avait été diligentée avec plus d'ardeur, après trois reconstitutions des faits à Emberge. Aucun dossier ne s'était épaissi de telle façon que sur la table de la Cour, au milieu des magistrats, des avocats, des témoins recrutés ou volontaires et du public, s'élevaient les piles de documents qui gênaient la vue. On dut les ôter pour la clarté du débat.

Le monde avait vieilli. L'archiviste Justin Blase, le spécialiste des toxiques Fulgence, le vieil Hans se présentèrent en petite voiture. Luc Bétourné, devenu ministre des Anciens Combattants dès le nouveau gouvernement, se déplaçait avec une canne à bout caoutchouté.

Le dramaturge Lucas Senois flottait dans des vêtements obscurs.

— Messieurs du tribunal, venait-il de clamer à la barre, comment a-t-on pu dire que *Polyphile* est une apologie du crime? J'en prends à témoin Sophocle et Euripide. Où peut-on trouver chez moi l'envie de tuer un Président et d'en montrer le mode d'emploi? Certes, je suis le beau-frère d'un industriel, mon bienfaiteur que feu Félix Monchat a sans doute méprisé, mais mon drame est bien antérieur.

Il baissa la voix et poursuivit.

— Sans être un spécialiste des coups d'Etat, qu'écrire de l'homme sinon une suite de meurtres et de carnages? Si vous saviez combien en l'écrivant j'étais pour Polyphile!

Raccourcie par la graisse qui l'accablait Blanche Deloiselle ne put réprimer un applaudissement et faillit faire évacuer la salle où toujours le cœur sur la main elle offrait aux siens des cachous tant l'air était irrespirable.

— Moi, dit Fulgence, je ne me suis pas empoisonné la vie. J'aime les poisons. Agréé par le Gouvernement, je protège vos dossiers des rats.

Mme Copernic avait rajeuni, les cheveux d'un bleu persan. Son gendre Fédor lui tenait son sac à main.

Seul l'accusé restait le même, d'une impassibilité divine. La déposition de Justin Blase fut laconique.

— Je me méfie des hommes sans archives.

— Nous avons eu affaire à plus fort que vous, dit le Procureur, et d'emblée je vous dirai ceci qui pourra sans doute éteindre la petite flamme que vous tenez sous le boisseau. Il ne s'agit pas de l'empoisonnement d'une inconnue qui se trouvait sans aucun doute sur un trottoir où elle ne devait pas être. Il ne s'agit pas d'un Président dont le rôle, après tout, est de périr par la foule dont il abuse, mais de nous tous qui portons le nom le plus commun, mais le plus lourd, le plus honnête mais le plus dévalisé, celui de contribuables. Croyez-vous, Madame la Présidente que vous allez entretenir cet homme dans nos établissements hospitaliers jusqu'à la fin de ses jours?

— Je le crains, dit la Présidente.

C'est une femme encore savoureuse coiffée à la Titus et qui porte un seul pendant d'oreille, une canine en corail.

— Qu'est-ce que raconte Thibaud? murmura Mme Copernic à Marthe.

— Il dit à Fred qu'il pourrait cesser d'être laveur au garage et tenir l'une de ses succursales dans l'Ouest.

— Il refuse toujours?

— Oui, il se trouve bien. Il est heureux comme ça.

— Ecoutons la défense, dit la Présidente. Maître?

Un personnage d'une beauté romantique se leva, caressa la main de son client qui n'avait pas bougé d'un pouce depuis trois heures.

— Madame la Présidente, Mesdames et Messieurs de la Cour, je voudrais d'abord rappeler que je suis ici de mon plein gré. Que se taise une fois pour toutes la rumeur! Oui, je suis l'avocat de la Société Eolienne. Oui l'affaire de la grotte préhistorique de Bargetal est close. Oui, feu le Président Félix Monchat n'a jamais pu y descendre pour en admirer les merveilles. Les spéléologues sont aussi avares de la nuit que les taupes. Et tout à coup, vexé, meurtri, pauvre hypothèse! le premier personnage de l'Etat et le plus sensible en serait mort de chagrin? Non, il n'avait qu'à fermer les yeux pour imaginer la splendeur même d'un faux, selon le bruit que l'on faisait courir. Or, nous savons, depuis, que ce n'est pas du fameux carnet d'aquarelles que naquirent les agrandissements pariétaux à ce point sublimes qu'il n'y eut pas dans toute l'Europe un cavernophile qui pût trouver ses mots pour en dire la fraîcheur et l'innocence, mais que ce méchant carnet n'en fit que reproduire à l'échelle de poche la beauté. O triomphe des diagonales! Le faux croise le vrai, et tous deux vont délivrer le divin!

— C'est de l'histoire ancienne, Maître. Nous ne sommes plus aux Croisades. Venez au fait, je vous prie.

— J'y viens.

Pour faire tourner son petit moulin multi-colore monté sur un bâton, un gamin se mit à courir dans l'allée qui menait à la barre. Dalida cria « Félix ! » et n'eut que le temps de rattraper son fils que la Présidente demandait aux huissiers d'expulser. L'incident ne détendit pas l'atmosphère et c'est d'une parole plus pesante que le défenseur reprit sa plaidoirie.

— L'on a dit d'autre part que la famille Deloiselle avait été blessée par le regretté Président Félix Monchat qui n'avait pu descendre sous leur terre de Bargetal, lui qui se faisait fort d'entrer partout. Du coup le voilà qui aurait décidé de ne pas laisser inscrire la grotte au catalogue des Monuments Historiques ? Il ose émettre des doutes sur l'honnêteté des inventeurs ? Il tue la poule aux œufs d'or ! Qu'il se taise ! Qu'il disparaisse ! Trouvons pour cela un homme de main ! Je connais l'âme humaine, chiendent qui pousse sur la jalousie, mais j'ai démontré aux enquêteurs l'absurdité de cette seconde et misérable hypothèse. De même que je me suis levé pour l'honneur de Bargetal qui maintenant malgré les prétentions allemandes s'inscrit au patrimoine de l'humanité, je me dresse aujourd'hui en faveur de ce soi-disant homme de main. Mon Dieu! Le voyez-vous attirer le chef de l'Etat, le saisir, l'étouffer, le surprendre par quelque poison? transformer un bain de foule en bouillon d'onze heures? Mais regardez-le, Messieurs les jurés! Pourriez-vous le distinguer dans la masse? Le voyez-vous tendre des fleurs, et nocives, à qui que ce soit? Imaginez-vous que l'on puisse avoir envie de lui serrer la main? Des mains! mais Félix Monchat en avait plein les bras! Et partout! les primitives des travailleuses, et les alanguies des femmes inoccupées! Ah! si Félix Monchat semblable à certains de ses ministres n'avait eu d'yeux que pour les hommes, je ne dis pas. Encore faudrait-il, au cas de se précipiter vers mon client, avoir le goût de la nullité.

Emu, il se rassit en s'essuyant les yeux. Dans l'éclairage oblique le silence s'affaissa en faisant un rond de poussière. Les jurés se demandaient s'il ne serait pas mieux de fermer les paupières de l'accusé qui paraissait regarder passer les trains d'un autre monde. La Présidente donna un coup de marteau machinal qui la réveilla brusquement. Elle fit un geste d'éventail en direction d'Henri Sanzygrec, comme on remue la main devant les yeux de ceux qui rêvent, pour les ramener à la réalité.

— Où êtes-vous ?
— Je ne sais pas.
— Une dernière fois, qu'avez-vous à dire ?
— Je ne sais pas.

Dehors, un violoniste ambulant au crâne rose attendait la sortie, un homme qui a le malheur de ne pouvoir jouer avec les autres, bien qu'il ait remporté une médaille d'or et peut-être à cause de cela. Il est allé d'opéras en bastringues. Aujourd'hui, un sombrero à ses pieds, la médaille en sautoir retournée à son bronze d'origine, il fait les rues et se contente dans les divers décors que lui offre le ciel d'une unique et douloureuse romance. Mme Copernic l'aperçut, entraîna sa famille et vint déposer une obole dans le sombrero, sans attendre un merci, mais au contraire en rendant grâces de trouver le réconfort d'un artiste, après ce qu'elle vient d'entendre.

— Je suis heureuse d'enfin trouver une âme angélique. Vous devez connaître le bonheur, Monsieur.

L'autre arrêta de racler.

— Hélas, Madame, je suis l'enfant d'un trombone et d'une flûte et mes parents m'ont laissé dans la musique alors que je rêvais et que je rêve toujours de conduire les trains.

Sous un arbre de la place voisine le frère aîné d'Albert Deloiselle attendait les siens en astiquant l'une de ses belles anglaises gâtée par des pigeons que sa voix de sourd traitait de saloperies vivantes. Méconnaissable, glabre et le visage terreux de ceux dont la source est tarie, Lucas Senois que l'on n'avait pas entendu venir sur ses semelles de crêpe et sa canne à bout gommé demanda au violoniste le nom du morceau dont il venait d'entendre la fin. Il en goûterait volontiers le début, s'il n'abusait pas. L'air lui rappelait quelque chose, mais il avait peu de temps. Son beau-frère, le roi de l'éolienne devenu masochiste, l'attendait pour aller déjeuner sur la tour Eiffel que les vents traversent sans rien produire. L'homme au sombrero répondit d'une voix blanche :

— Mon œuvre n'a ni début ni fin, elle tourne. Je la joue en mineur les jours impairs. C'est peut-être cela qui vous a surpris.

— Il me semble l'avoir entendue jadis à la sortie du Théâtre de l'Observatoire, dit Lucas Senois.

— C'est possible. Je fais les théâtres, les gares et les cimetières.

— Excusez-moi, on m'appelle, dit l'ancien dramaturge en s'éloignant à pas menus.

— Ils ne savent pas ce qu'ils veulent, s'écria Mme Copernic, et ne comptez pas sur l'âge pour leur donner les bonnes manières. L'Observatoire ! Nous y avons vu autrefois, n'est-ce pas, mes enfants ? l'histoire d'un homme sans gêne qui demandait à la foule de prendre un bain avec lui. Il y en a qui ne doutent de rien. On lui a fait boire le bouillon. C'est justice. L'auteur jouait un rôle et venait saluer deux fois, dès le rideau tombé. Il se penchait jusqu'à terre et sa montre au bout d'une chaîne se balançait comme un pendule. A part ça, c'était un homme comme vous et

257

moi. Je me demande ce qu'il est devenu. Il est peut-être passé à d'autres scènes, mais je n'ai plus de billets de faveur. Mme Raminovitch est morte d'épuisement dans un dernier grand écart, très bel exemple pour des élèves qui n'ont aucune pitié. C'est la tante de mon gendre. Le monde est petit, Monsieur...

— ... et tourne sur lui-même. C'est le titre et la forme de mon étude, dit le violoniste en ôtant d'un coup de dent le crin qui pendait à son archet.

Il reprit l'air qu'il jouait en vérité pour lui seul.

— J'ai compris, dit Mme Copernic en claquant les doigts. N'arrêtez pas ! Clé de fa, clé de sol, et clé des champs.

le Heaume,
Eté 2000.

DU MÊME AUTEUR

LES JEUX DU TOUR DE VILLE (« Folio », n° 2764).
LES NOCES DU MERLE (« Folio », n° 2833).
L'ÉTÉ DES FEMMES.
LE VENT DU LARGE (« Enfantimages »). Illustrations de Roger Blachon.
LE CHAT M'A DIT SON HISTOIRE (« Folio Benjamin », n° 44). Illustrations
    de Sophie.
LA POULE A TROUVÉ UN CLAIRON (« Enfantimages »). Illustrations de
    Danièle Bour.

Poésie

RETOUCHES (« Poésie/Gallimard »). Prix Max-Jacob 1970.
TCHADIENNES (« Poésie/Gallimard »).
LES DESSOUS DU CIEL.
RIRELIRE.
ŒILLADES.
VOLIÈRE.
HÔTEL DE L'IMAGE (« Poésie/Gallimard »).
DRAGEOIR.
LUCARNES.
INTAILLES (« Poésie/Gallimard »).
À LA MARELLE.
CARILLON.
LE PORTE-ŒUFS.
AUTOMNALES.
À LA COURTE PAILLE.
ÉTIQUETTES.
SOUS-MAIN.
TACITURNES. Retouches
DE LAINE ET SOIE. Retouches.

Théâtre

C'EST À QUEL SUJET ! *suivi de* LE ROI FANNY.
À LA BELLE ÉTOILE – À VOTRE SERVICE – LE BEAU VOYAGE.
COUP DE LUNE – LA PARTIE DE CARTES – LE VOYAGE DE NOCES
LA TOISON D'OR – LE PARADIS.
LA REINE FRACASSE – LE JARDIN

Aux Éditions de La Table Ronde

LA RUE FROIDE.
LE TÉMÉRAIRE (« Folio », n° 1525).
LA PORTE NOIRE (« Folio », n° 1324).

Aux Éditions Robert Laffont

Romans

LA MER À CHEVAL.
LES PORTES.

LA NACELLE.
LA ROSE ET LE REFLET (« L'Imaginaire, n° 159).

Nouvelles

LE CHEMIN DES CARACOLES (« Folio », n° 1974). Prix Sainte-Beuve 1966.
LE JARDIN D'ARMIDE.

Aux Éditions Casterman

Nouvelles

LE CHANT DES MATELOTS.
LES GRANDS.

Cet ouvrage a a été réalisé

FIRMIN DIDOT

GROUPE CPI

Mesnil-sur-l'Estrée

*pour le compte des Éditions Grasset
en décembre 2000*

Imprimé en France
Dépôt légal : décembre 2000
N° d'édition : 11774 – N° d'impression : 53175
ISBN broché : 2-246-61421-X
ISBN luxe : 2-246-61420-X